恋する幸村

真田信繁（幸村）と彼をめぐる女たち

鳥越一朗

目次

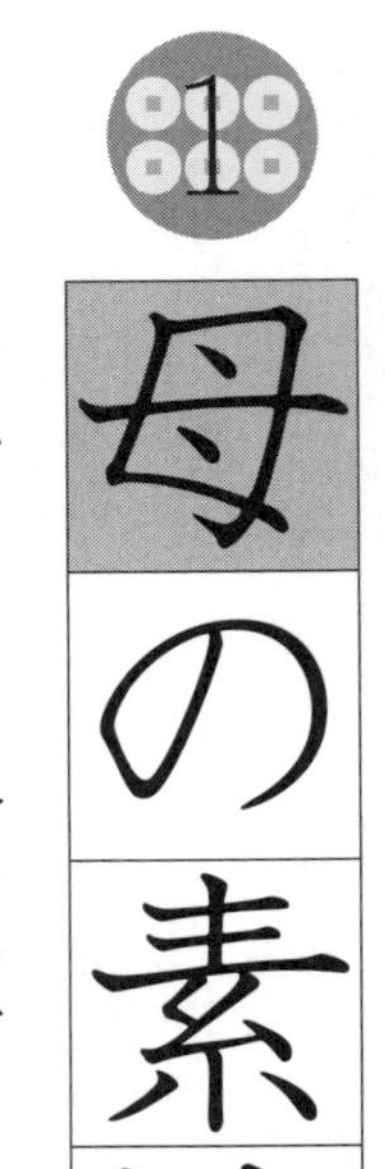

1 母の素性

生母・山之手殿は公家の出身？

京の公家、菊亭家の下女・さくらが、当主晴季の夫人に呼び出されたのは、永禄7年（1564）の秋もだいぶ深まった頃のことであった。さくらは緊張した面落ちで、白や薄紅色の菊の花が咲き乱れる中庭を通って、晴季夫人の居室へ向かった。

「何か御用でございましょうか」

部屋に通されたさくらは、両手を付き額を畳に押し付けたまま、かしこまって尋ねた。部屋の中まで、仄かに甘い菊の香が漂ってくる。さくらが晴季夫人から直接声を掛けられたのは、当家へ奉公に来て以来3年目にして初めてのことであった。

「折り入って、そなたに頼み事があります」

「奥方様が、私などにいったいどのような」

さくらには、どう考えても夫人から何かを頼まれるような能力や資格が自分にあろうとは思えなかった。

「そなた、年はいくつになりました？」

「数えの16にございます」

「そうかぁ、番茶も出花ではないですか。いつ嫁に行ってもいい年です」

「そんな、まだまだ未熟者ですゆえ」

「実は、そなたに縁談があるのです」

「えっ」

意外な話の展開に、さくらは思わず口を詰まらせた。

「驚かずともよろしい、悪い話ではありませぬ。そなた、私が甲斐（山梨県）の武家・武田氏の出であることを御存じか？」

「いえ」

さくらはそのことを初めて聞いたし、そもそも甲斐という国がどこにあって、武田氏がどういう素性の一族であるのか、全く知識を持ち合わせていなかった。

「私の兄は、甲斐国の守護・武田信玄と申します」

「はあ」

さくらは生返事をしたが、守護という役職が、武士の中でも相当高い地位であることは何となく察しがついた。しかし、武田信玄という名は今まで聞いたことがなかった。将軍・足利義輝以外でさくらが名を知る武将と言えば、ここ数年京都を賑わせてきた阿波国（徳島県）の三好長慶、大和国（奈良県）の松永久秀ぐらいのものであった。

「お相手というのは、兄・信玄に仕える武将・真田幸隆の三男で昌幸という18歳の若武者です」

夫人の言葉にさくらは二度びっくりした。なんで、自分のような卑賤な身分の者が、そんな名のある武家の嫁の候補に挙がったのか、全くもって理解できなかった。

「ほほほ、そなたが信じられないのももっともなことです」

さくらの様子を見て、夫人は微笑みながら説明しはじめた。

「実は、兄・信玄は京の三条家から妻を娶っております。地方の武家にとって、公家との縁組は何といっても、御家の格上げになりますから。で、7歳の時から小姓として自分に仕え、その才能を見込んでいる昌幸殿にも、自分と同じように公家の嫁をあてがってやろうと考えたのでしょう。ところが残念なことに、今当家にはどうにも年齢的に適当な女子がおりませぬ」

「だからといって、私なんぞが」

さくらは大きく首を横に振った。夫人は、構わず話を続ける。

母の素性

「それに、兄・信玄には父・信虎を甲斐から追い出して、家督を奪った過去があります。血を分けた息子に敗れた父の気持ちは想像するに余りあります。父は流浪の末、今は京に住んでおり、もし、れっきとした公家の女子を信玄の縁者に送るようなことになれば、父は黙ってはおりますまい。だから、こちらとしては、そなたのような身分の者をこっそり、甲斐へ嫁がせるしかないのです」

夫人はほとんど哀願するような口調になっていた。

さくらは、そんな武田家の事情で、何で自分が駆り出されなければならないのか、とても納得できなかったが、拒否することは到底許されない雰囲気だった。

今にも泣きだしそうなさくらを見て、夫人は再び優しい表情でこう諭した。

「もちろん、菊亭晴季の養女として送りだしますから、向こう側にとっては、公家の女には違いありません。それは大切に扱ってくれましょう」

「けれど奥方様、私は公家のしきたりや言葉遣いなど、まったく心得てはおりませぬ」

さくらは一つ口実を見つけて訴えた。が、夫人は全く動じる様子がなかった。

「心配せぬとも、嫁ぐ日までに私が伝授してしんぜます。甲斐国の土地柄や方言についてもいっしょに。なあに相手は田舎侍です。それらしく振る舞うだけで十分騙しとおせましょう。そなたは働き者だし、頭も器量もよい。そなたなら必ずやってゆけます」

「でも、奥方様……」
さくらの縋りつくような言葉を無視して、夫人は「大丈夫、大丈夫」と微笑みながら、もう話は済んだとばかりに、席を辞すよう小手を振って示したのだった。

＊

さくらは、四条富小路に住む大工の娘だった。母親に早く死なれ、父の手一つで育ったが、やがてその父も病を得て世を去った。さくらは天涯孤独の身となったが、その境遇を憐れんだある人の世話で、13の年に菊亭家で下働きをするようになった。

菊亭家は鎌倉時代に創設された、清華家の家格を持つ公家で、創設者である兼季の邸宅が、烏丸今出川付近にあったことから今出川家とも呼ばれた。菊亭の名は、兼季が自ら菊亭入道と称するほど菊を愛し、邸宅内に多くの菊を植えていたことに因んで付けられたと言われる。その後も同家では代々菊を大切に扱い、３００年後のこの時代においても、秋になると菊亭家内は、色とりどりの菊の花で埋め尽くされるのであった。

菊亭家第12代当主の晴季は、まだ20代の半ばであったが、聡明なうえ行動力があり、公家のホープとして将来を嘱望されていた。当時の日本は、室町幕府の権威が低下し、全国の戦国大名らが覇を競い合う、いわゆる戦国時代の真っただ中にあった。

母の素性

そうした中、家格を吊り上げようと、公家との婚姻を希望する戦国大名も多く、晴季に目を付けた甲斐国の武田信虎も、自らの九女を晴季の室として差し出していたのである。

一方、信虎の息子・信玄も、やはり清華家の家格を持つ三条家から正室（三条夫人）を娶っており、自分の可愛がっている家臣・真田昌幸にも公家から妻を取らせるため、晴季に候補となる女の紹介を依頼したのだった。

もっとも、天文10年（1541）に信玄は権力闘争から父・信虎を甲斐から追放しており、父子は絶縁状態にあった。信虎は初め駿河（静岡県中部）の今川義元の元に身を寄せるが、義元が永禄3年（1560）に「桶狭間の戦い（愛知県名古屋市・豊明市）」で尾張（愛知県西部）の織田信長に討たれると、三条家を頼って京都に移り住んだ。

それゆえ晴季が信玄の要請を受けたなら、その情報はすぐに信虎の耳に入り、一悶着起こるのは必至であった。晴季は、義兄・信玄と義父・信虎の両方に顔を立てるため、下女を養女にして嫁がせることを考え出したに違いない。そして、候補者として白羽の矢が立ったのがさくらであり、その説得を妻に命じたのだろう。

さくらは、下女部屋に戻って大いに頭を悩ませた。もし断ったら、もうこの屋敷には置いてもらえないだろう。晴季夫人が言うように、客観的に見ればこの縁談は、身寄りのない自分にとって悪い話ではないのかもしれない。

しかし、さくらには何としても断らねばならない理由があった。彼女には将来を誓い合った、同い年の恋人がいたのである。容姿に恵まれたさくらに言い寄る男は少なくなく、その中から彼女が選んだのは智丸という鍛冶職人で、今は鉄砲の製造に夢中になっていた。

さくらは一度、上京の鍛冶屋町にある彼の仕事場で鉄砲を触らせてもらったことがある。智丸は鉄砲の構造について縷々解説するとともに、その殺傷能力がいかに優れているかを、さくらに熱っぽく語った。

「刀や槍の時代はもう終わりだ。鉄砲を使いこなした者が天下を取る。乱世を終わらせ、太平の世をもたらすにはどうしても鉄砲が必要なんだ」と。

ポルトガル人によって、鉄砲が大隅国（鹿児島県）の種子島に伝来したのは、天文12年（１５４３）８月のことである。種子島の冶金職人が複製を作ったことから、鉄砲の製造法は急速に全国へと広まっていった。関西では近江国の国友（滋賀県長浜市）や和泉国の堺（大阪府堺市）が、鉄砲の生産地として名を成すようになる。

天文19年（１５５０）の夏、京都市中で行われた将軍・足利義晴と三好長慶との戦いで、記録上日本初の鉄砲による戦死者（三好側与力）が出ており、さくらが菊亭家の下女になった頃には、京都周辺でも鉄砲の製作に携わる職人が何人かいたのだろう。

晴季夫人に呼び出された翌日、さくらは、災難の如く自分に降りかかったこの縁談につ

菊亭家跡付近（京都府京都市上京区京都御苑内）

いて、智丸に相談した。当然反対してくれると思いきや、期待に反して彼ははっきり行くなとは言ってくれなかった。行くなと言ってくれたところで、事態が変わろうとは思えなかったが、さくらはそうした言葉が聞きたかったのだ。

さくらがしくしく泣き出すと、

「実は、親方に頼んで来月から近江の国友に鉄砲製造の修業に行かせてもらえることになった。その間は給金もほとんど出ないし、お前を養っていけない。向こうで技術を学んだら、京都に帰って岩倉辺りに鉄砲の一大製造所をつくろうと思っている。そうしたら、お前とも結婚できる。あと10年あればなぁ……」

智丸はそうに言って、申し訳なさそうにさくらを見遣った。

さくらは、教育らしい教育は受けていなかったが、合理的にものを考えることのできる少女だった。智丸は、自分よりも将来の夢を優先させようとしているのだ。彼女は、選ぶ道は一つしかないとすぐに悟る。

ひとしきり泣いたあと、さくらは顔を上げこうつぶやいた。

「わたし、お嫁に行くね。そして、男の子を産んで、智丸様の作った鉄砲で天下を取るような武将に育ててみせる、絶対」

結局さくらは、甲斐行きを決心する。身代わりの速さは、彼女の身上でもあった。

母の素性

それから半月後、さくらは10人ばかりの従者と侍女に付き添われ、菊亭家の前から輿(こし)に乗って、甲斐に向け出発した。輿に乗るなどということはもちろん生まれて初めての経験であった。

三条橋を渡り始めた時、そっと御簾(みす)を上げると、先だっての野分(のわき)で水量を増した鴨川(かもがわ)が、左右に蛇行(だこう)しながら流れており、その向こうには、木々の紅葉でようやく色づき始めた如意ヶ嶽(にょいがたけ)の山容が見て取れた。と、鴨川の土手に、多くの見物客に紛れて1人ぽつねんと佇(たたず)む智丸の姿が見えた。

さくらは思わず「あっ」と声を上げた。決意を固めていたはずなのに、やはり智丸の姿を目にすると気持ちがぐらついた。一瞬、智丸が自分を連れて逃げてくれるのではないかという期待が頭に浮かんだ。しかし、智丸はじっとこちらを見つめるばかりで、そのやせぎすな体をついに動かすことはなかった。

後ろ髪を引かれるさくらをよそに、一行は山科(やましな)を経て大津に出、東海道を東に進んだ。甲斐の地は遠かった。いくつの山を越え、何本の川を渡ったことだろう。さくらは、正に地の果てへ連れてゆかれる思いがした。

ただ、遠江国(とおとうみ)(静岡県西部)と駿河国(するが)(同県中部)の境を流れる大井川(おおい)を船で渡った際、晴天にくっきりと浮き上がった名峰・富士を初めて目にした時ばかりは、この世のものとは思えぬその美しさに、長旅の疲れも忘れてうっとりと見入ってしまった。

一行はさらに東進し、富士川の手前で東海道と別れると、富士川に沿って北上した。雪を頂いた富士はもう目の前に聳えている。目的地である甲斐府中（甲府）にさくらが到着したのは、京を立ってからちょうど一月後のことであった。

*

甲府は、富士川上流の釜無川と笛吹川に挟まれた盆地にあり、京と同様周囲を山で囲まれていたが、その高さたるや京のそれとは比較にならなかった。西方には赤石山脈、北方には奥秩父山地、東方には大菩薩嶺、南方には富士を背景に御坂山地が走り、いずれも2～3千メートル級の峰々が連なっている。

高くても愛宕山や比叡山など千メートルに満たない山しか見たことのなかったさくらの目には、何とも圧倒される景観であった。こんな異次元の環境は、おそらく自分などには及びもつかない人間を生み育てるに違いないと、さくらは改めてこれから始まるこの国での生活に恐れと不安を抱いたのだった。

彼女がまず連れて行かれたのは、躑躅ヶ崎館という大きな邸宅であった。躑躅ヶ崎館は周囲を堀で囲まれ、その広さはさくらが働いていた菊亭家の数倍はあろうかと思われた。

母の素性

敷地内には多くの建物と庭園があり、さくらは一番大きな建物に通された。長い廊下を進み、奥の方の座敷に入ると、そこには禿げ頭の恰幅のいい武人が胡坐をかいて座っていた。

その武人は、さくらが着席するのを待って、おもむろにこう言った。

「わしは武田家の当主で信玄と申す。京からの長旅、御苦労であったな」

「いえ」

史上最強と言われる武田軍の総帥を前にして、さくらは震える声で言った。これが音に聞こえた信玄かぁと思った。想像にたがわず、近づきがたい威厳を備えている。

京を出発するまでに、さくらは晴季夫人から、武田家当主・信玄の「偉大さ」について詳しく聞かされていた。本国甲斐に加え今や隣国信濃をほぼ平定した彼は、さらに駿河や遠江にも領土を広げようとしていると。

「お主はこたび、この信玄の媒酌で真田幸隆の三男・昌幸と夫婦になる」

「はあ」

さくらの声はやはり震えていた。

「幸隆は、武田家の家臣の中でも一、二を争う強者じゃ。昌幸はその血を引く男子ゆえ、ゆくゆくは武田の有力武将となろう。そなたは果報者じゃ」

それだけ言うと、忙しそうにそそくさと部屋を出ていった。すると、信玄の隣に座っていた彼の夫人と思しき女性がさくらに声をかけてきた。

「私は、京の三条家から嫁いだ信玄の室です。皆は三条夫人と呼んでおりますが。そなたのことは、菊亭晴季殿の御令室から聞いています。まあ、いろいろ面食らうことも多いでしょうが、無理をせず何か悩み事があれば、何なりと私に相談しなさい」

どうやら、この信玄の室は、すでにさくらの素性を知っているようである。さくらは敵陣に1人味方を見つけたような気がして、少し心が和らいだ。

それから2日後、真田家の屋敷で婚礼の儀は行われた。新婦であるさくらは、新郎・昌幸と並んで座敷の上座に座らされた。初めて見る昌幸は、自分より2歳年上と聞いていたが、意外にもまだ少年と言っていいような風貌であった。東国の武士すなわち武骨な大男というさくらの思い込みは、見事に裏切られた（いい裏切られ方であったが）。

信玄はこの時もまた、媒酌人としての挨拶をしたあと、すぐに席を立っていった。儀式が済むと祝宴が開かれた。初めに昌幸の父・真田幸隆が自己紹介し、幸隆から昌幸の長兄・信綱、次兄・昌輝、弟・信尹、それから、さくらにとっては姑に当たる幸隆の正室（河原隆正の妹）らが紹介された。

真田幸隆は、信濃の名族・海野氏の流れを汲む豪族であったが、信玄の父・武田信虎らによって信濃国の真田郷（長野県上田市）を追われ、一度は上野国（群馬県）に亡命した。

母の素性

しかし、信玄の時代になると、打って変わって武田氏に仕えるようになり、旧領の回復を果たす。

そして、武田氏の信濃侵攻で活躍し、特に天文20年（1551）4月、信玄が2度も敗れている村上義清の居城・砥石城を、調略を駆使してわずか1日で落とした。また、弘治2年（1556）には、信玄の最大のライバル、上杉謙信の軍事拠点である尼飾城（長野市松代町）の攻略にも成功している。

そうした戦績から幸隆は信玄の覚えめでたく、永禄2年（1559）、信玄が出家してそれまでの晴信から信玄に改名した時には、自らも出家して一徳斎と称した。

親族の紹介を終えると、幸隆は続いて、昌幸の「川中島の戦い」での初陣の様子を皆の前で披露した。信玄と越後（新潟県）の上杉謙信は、北信濃の川中島（長野市南郊）で都合5回にわたって干戈を交えたが、昌幸が初陣を飾ったのは、最大の激戦となった4回目の合戦であった。

永禄4年（1561）9月のこの合戦で、弱冠15歳の昌幸は他の近臣とともに本陣を守り、信玄の側にあって全く動じることがなかったという。

昌幸の長兄・信綱、次兄・昌輝、弟・信尹らは、初めのうちこそ、公家出身の新婦に遠慮がちな態度を見せていたが、やがて酒が回るほどに相好を崩し、入れ代わり立ち代わりさくらの前にやってきては、戦(いくさ)における自分たちの武勇伝(ぶゆうでん)を繰り返し自慢した。

かと思うと、

「さすが京の都の姫君じゃ、ここいらの娘とは肌の白さも漂う気品も全然違うわい。昌幸が羨(うらや)ましいな」などと下卑(げび)た言い方で、うつむき加減のさくらの顔をのぞき込んだりするのだった。

*

さくらと昌幸の婚礼の祝宴は、三日三晩ぶっ通しで続けられた。さくらが、昌幸と２人だけの時間が持てたのは４日目の夜であった。

「お疲れでござったな」

昌幸が労(ねぎら)いの言葉を掛けてくれた。

「そうですね、随分疲れました」さくらは正直に答えた。

「田舎武家のしきたりゆえ、御寛恕(ごかんじょ)願いたい」

「そのようなお気遣いは無用でございます」

「それがし自身、公卿(くぎょう)の姫君をどう扱ったらいいものやら、よく分かり申さぬ」

「だから、そのようなお気遣いは」と再び言いかけて、さくらは自分の真の姿に思い至り、

母の素性

心の中で舌を出した。

「我が当主・武田氏は、越後の上杉、相模(さがみ)の北条、駿河の今川など、近隣の有力諸氏を相手に戦を繰り返しておる。真田一族は今後とも全力で武田氏にお仕えすることになろう。苦労をかけると思うが、よろしくお願いしたい」

「武家に嫁いだからには覚悟はできております」

そう言い切ってから、さくらはこんなことを聞いてみた。

「殿は、鉄砲はお使いにならないのですか？」

彼女の心には、智丸との約束が深く刻まれていたのである。

昌幸は、新婦の質問に意外そうな顔をしたが、

「やがて、戦は鉄砲隊を主力とした総力戦になるだろうな」と答え、それから、

「それがしは、今はまだ武田氏の一家臣だが、必ずや一国一城の主になってみせる」と遠くを見るような目をして言った。

「まあ、頼もしい」

さくらは、若い夫に心を込めた微笑みを投げかけた。

その夜、さくらは初めて昌幸と寝所を共にした。だが、彼女はすでに生娘(きむすめ)ではなかった。智丸と何度か関係を持っていたのだ。さくらは、処女でないことを昌幸に知られたらどう

しようと心配したが、昌幸は事が終わると、すぐに小さい寝息を立てて眠り込んでしまった。

真田家において、さくらは京の公家の出であるということから、京之御前様あるいは山之手殿と呼ばれるようになる。信玄は、さくらが昌幸に嫁いだ直後から上野国への侵攻を開始し、倉賀野城（群馬県高崎市）や箕輪城（同）などを相次いで落とし、その後は駿河国や相模国（神奈川県）、遠江国へも矛先を向けた。

昌幸は初夜の床でさくらに語った通り、父や兄たちとともに武田軍の一員として連戦連勝の活躍ぶりを見せた。北条氏と争った「三増峠の戦い（神奈川県愛川町）」では一番槍の功名を上げ、今川氏に取って代わった徳川家康を完膚なきまでに叩いた「三方ヶ原の戦い（静岡県浜松市）」にも参陣した。

さくらは、昌幸の戦果に応えるように次々に妊娠と出産を繰り返した。永禄8年（1565）に長女・千寿を、同9年に長男・源三郎を、そして同10年に二男・源次郎を産んだ。この源次郎こそが、のちに「日本一の兵」として歴史に名を残す真田幸村こと真田信繁なのである。

シスコン

姉・村松殿を頼るいじめられっ子

源次郎（幸村）が物心つくかつかない頃、昌幸は武田信玄の命により、甲斐の名家・武藤家の養子に入った。武藤家は、信玄の母の出身・大井氏に連なる旧家であり、嫡男が早世したため、真田家の三男である昌幸が跡取りに選ばれたのである。当然のことながら、昌幸の子供たちも武藤姓を名乗るようになった。

昌幸の子供たち、千寿・源三郎・源次郎の三姉弟は大変仲が良かった。当時の男の子たちの遊びと言えば、何といっても「戦ごっこ」である。源三郎、源次郎も4、5歳になるとその遊びに興じるようになるが、どうした訳か長女の千寿も、男子に混じって参加することが多かった。

千寿は幼少の頃から利発ではあったが、性格的に今で言うおきゃんなところがあった。屋敷内で、お手玉や双六といった女らしい遊びをするよりも、弟の源三郎と源次郎を従え、原っぱで喜々として戦ごっこに熱中するのである。

母親の山之手殿は「女だてらに困った娘だねえ」と眉を顰めながらも、その気性の強さを満更でもなく感じている風であった。二男の源次郎は、そんな千寿をいつも頼りにしていた。文武ともに秀でた長男・源三郎と違って、運動能力に乏しくおっとりしている彼は、戦ごっこで近所の悪ガキにやり込められることがたびたびあった。

子供の遊びに身分の差などない。いつぞやは百姓の子に「啄木鳥戦法だ！」と言われながら、木の枝で頭を何度もこつかれて、大泣きしたこともあった。

啄木鳥戦法とは武田信玄の軍師・山本勘助が、永禄４年（１５６１）の第４次川中島の戦いの際に考案したもので、武田軍を本隊と別働隊の二手に分け、まず別働隊が妻女山に陣を張る上杉軍を攻撃し、上杉軍が山から下りてきたところを武田本隊が迎え撃つ作戦であった。

啄木鳥が幹をつつくと、驚いた虫が顔をのぞかせるのに例えて名付けられたと言われ、もとより人の頭をこつくような戦法ではない。同合戦で討ち死にした山本勘助は、甲斐の子供たちにとって正に伝説の英雄であり、誰もが戦ごっこにおいて勘助役になりたがった。その結果、こんな突拍子もない戦法が編み出されもしたのだろう。

ともあれ、百姓の子に打ちのめされる弟を見ると、千寿は自分のことのように悔しがっ

シスコン

た。そういう時は、彼女は必ず相手の子を木刀で「めった切り」にし、そのあと必ず源次郎のところに来て、

「武士の子がそんなことでどうするの。少しは強くなりなさいよ」と詰め寄るのだった。

しかし、源次郎はどうすれば強くなれるのかよく分からなかった。というか、強くなろうという気がさほど起こらなかった。そうしたところが、千寿をさらにじれったい気持ちにさせた。喧嘩にも弱く大して自己主張することもない弟が、果たしてこの生き馬の目を抜く乱世を生き抜くことができるだろうかと、彼女は姉として心配だったのである。

ある日も、源次郎は泣きながら屋敷に帰って来た。千寿が問いただすと、彼は逆に、

「姉様、源次郎は母様の子ではないのか?」と聞く。

「どうして?」

「耕作が、お前は山之手様のほんとの子ではないと言うんじゃ」

源次郎はよほど悔しかったのだろう、まだひっくひっくやっている。

「そなた、そんな言葉を信じたのか」

「……」

「莫迦！　耕作の奴、とっちめてやる」

千寿は源次郎の手を取り、彼を引きずるようにして耕作の家まで連れて行った。

板葺（いたぶ）きの家の中から出て来た耕作の首を締め上げると、千寿は言った。

「お前、源次郎の事を捨て子呼ばわりしたって本当か」

「いてて、おっとうとおっかあがそう言ってたのを聞いたんじゃ」

耕作は悲鳴を上げながら言い訳をした。

「何を根拠にそんなことを」

千寿がさらに首を締め付ける。

「源次郎の兄さは源三郎だろ。兄の名に『三』が付いて、弟の名に『次』が付くのはおかしいって。

その言葉を聞いて、源次郎は昌幸様が、どこか他の女に産ませた子に違いないって」

源次郎は子供心にも愕然（がくぜん）となった。千寿にとっても、初めて聞く話だったのだろう、一瞬戸惑ったような表情を見せた。しかし、思い直したように、再び恐い顔に戻ると、今度は低い声で、

「いいか耕作、二度とそんなことを言ってみろ、この私が承知しないからね」と恫喝（どうかつ）した。そして、震える耕作からおもむろに手を放すと、「源次郎、行くよ」と言って、先に立って歩き出したのだった。

武藤家の屋敷へと通じる田んぼの土手をしばらく2人は黙って歩いた。やや垂れ始めた稲の穂が、強い風で波のようにうねっている。源次郎の胸は不安でいっぱいだった。耕作

シスコン

が言うように、自分は母様の本当の子供ではないのだろうか。

そう言えば、この間行われた子供剣術大会で兄・源三郎が優勝した時、母は兄を抱きしめるようにして褒め称えたが、1回戦で敗退した自分には慰めの言葉さえ発しなかった。源次郎はそれを自分の成績が不甲斐ないせいだと思っていたが、実は別の理由があったのかもしれない。

源次郎と並んで歩きながら、千寿もまた何かを考えている風であった。源次郎は沈黙に耐えられなくなって口を開いた。

「姉様、父様がほかの女に産ませたって、どういうこと?」

千寿は急に立ち止まり、源次郎のほうに向き直ると、両手を彼の両肩に置き、

「源次郎、つまらぬことを考えるのじゃないぞ。お前は私や源三郎と同様、母様の子供じゃ。そうに決まってるじゃないか」

それは自分自身に言い聞かせているように源次郎には聞こえた。

*

天正2年（1574）5月19日、源次郎ら三姉弟の祖父・真田幸隆が病により世を去った。62歳だった。8歳になっていた源次郎は、肉親の死に初めて涙を流した。幸隆は、真

田氏勃興の礎を築いた百戦錬磨の勇士であったが、源次郎にとっては優しい祖父以外の何ものでもなかった。

源次郎は幸隆からさまざまなことを学んだ。武具を全て朱に染めた、武田軍団の「赤備え」が武勇の誉れの象徴であることや、武田氏の軍旗「風林火山」は中国の兵法家・孫子の言葉の引用であること、そして、真田家の旗印である六文銭は三途の川の渡し賃であり、どんな戦いにも決死の覚悟で臨む真田軍の心意気の表れであることを教えてくれたのも幸隆だった。

一方で幸隆は、ほかの大人たちのように、引っ込み思案の源次郎を叱咤激励するようなことがなかった。

「源次郎、周りがなんと言おうと、お前はお前のままでよい。お前にはお前の良さがある。わしにはそれがよう分かる。時代がお前を必要とする時がきっと来るだろう」

幸隆は源次郎の頭を撫でながら、よくそんなことを言った。

幸隆が亡くなる2年前、不世出の武将・武田信玄は、織田信長打倒を目指して上洛途上、無念にも陣中で病死していた（出陣時に彼の体はすでに病に冒されていたようである）。

それまでに駿河をほぼ平定していた信玄は、駿河から遠江に入り、高天神城（静岡県掛川市）など、信長と同盟関係にあった徳川家康側の諸城を落としながら西進、三方原の戦いでは家康本隊を撃破した。さらに三河に侵攻して野田城を攻略するが、いよいよ病が悪化したため、甲府へ撤退のやむなきに至り、その途中信濃の駒場（長野県阿智村）で息を引き取ったのであった。

信玄の遺言により、その死は3年間秘密にされることになり、武田氏の家督はひとまず四男の勝頼が継いだ。勝頼は信玄の側室・諏訪氏（諏訪御料人）の腹であった。もっとも、遺言では後継者として当時7歳だった勝頼の息子・信勝を指名し、勝頼は信勝が元服するまでの後見人とされた。

そうした経緯もあってか、勝頼は信玄に仕えた重臣たちとそりが合わず、武田軍内部に不協和音が生じ始めていた。軍内部の乱れは戦力の低下につながる。幸隆が没した翌年の天正3年（1575）5月、それが形となって現れた。戦国最強と言われた武田軍団が、「長篠の戦い（愛知県新城市）」で織田信長・徳川家康連合軍に大敗を喫したのだ。

この合戦で、武田軍は信玄以来仕えてきた多くの優れた重臣を失った。山県昌景、内藤昌秀、馬場信春、土屋昌続などである。そして、源次郎ら昌幸の子供たちもまた、この合戦によって大きな影響を受けた。昌幸の長兄・信綱と次兄・昌輝が戦死したため、昌幸は勝頼の命により、武藤家の籍を離れ、真田家の家督を継ぐことになったのである。

そんなある日、千寿・源三郎・源次郎の三姉弟は、昌幸から座敷に来るよう呼ばれた。

躑躅ヶ崎館跡に建つ武田神社（山梨県甲府市古府中町）

3人揃って出向くと、座敷の上手に昌幸が座し、その隣には母・山之手殿（やまのてどの）の姿があった。

「そなたらも知ってのとおり、こたびの戦いで、信綱・昌輝両兄が誠に残念ながら討ち死にされた。その結果、図らずもわしが真田家を継ぐことになった。だから、そなたたちも今日からは真田の姓を名乗ることになる」

「では、私は真田源三郎と」

源三郎は、伯父（おじ）たちの死が原因なので、口にこそ出して言わなかったが、憧（あこが）れの祖父・幸隆の家を継ぐことが嬉しいようだった。

「そうじゃ、源次郎は真田源次郎、千寿は真田昌幸の女（むすめ）ということになる」

そう言うと、仕事が山積しているのだろう、昌幸はそそくさと座敷を出ていった。あとには山之手殿と三姉弟が残された。山之手殿は昌幸の足音が遠くなると、子供たちに向かって口を開いた。

「武藤家は武田氏の親族の家系だったから、外様（とざま）である真田家に戻ることがいいことか悪いことか、私にはよく分かりませぬ。どちらに転ぶかは、今後のお前たちの活躍次第でしょう」

山之手殿は、今回の措置に源三郎とはまた違った感想を持っているようであった。

「母様、御心配は無用です。我々兄弟で必ずや真田家を盛り立ててみせまする」

10歳の長男・源三郎は胸を張って断言した。そんな兄が、源次郎には眩しく見えた。

「それにしても、武田の軍が破れるなんて信じられない」

源三郎が、今度は憤懣やるかたない表情で言った。

「何でも、織田・徳川軍の鉄砲隊にやられたそうです。いくら戦国最強の騎馬軍団と威張ったところで、やはり刀や槍ではしょせん鉄砲には叶いませぬ」

山之手殿が言うように、織田・徳川軍は最新兵器である鉄砲を3000挺用意し、射撃隊を3段編成にして交替で一斉射撃をし、突撃を繰り返す武田騎馬隊を撃ち破ったのだった。

山之手殿は、これまでから女としては異常と言えるほど鉄砲に関心を持っていた。以前、源次郎と源三郎が戦ごっこの勝った負けたの話をしていたら、側で聞いていた山之手殿が真面目な顔で、今度は鉄砲で皆殺しにしておやり、と言って2人を驚かせたことがあった。なぜ彼女がそれほどまでに鉄砲に執心するのか、誰も知らなかった。

この日の用件が、一家の姓に関わることもあったのだろう、突然千寿がこんな話を持ち出した。

「ねえ母様、以前源次郎は、お前は母様の子じゃないと言われて、泣いて帰って来たのですよ」

シスコン

「何でまた?」

山手殿は少し目を大きくした。

「兄が源三郎なのに、弟が源次郎なのはおかしいって」

「莫迦じゃのう。源三郎は嫡男（ちゃくなん）だったから、何としても元気に育つよう、惣領（そうりょう）より二男三男のほうが丈夫だという古諺（こげん）に倣（なら）って、『源三郎』と名付けただけのことです」

山之手殿は、すらすらと命名のいきさつを説明してくれた。それを聞いて源次郎も千寿も大いに安心した。ところがである。源三郎が無邪気に、

「ほんとに騙（だま）されやすいな、源次郎は。正真正銘、我ら3人は父様と母様の子なのですよねえ、母様」と山之手殿に顔を向けた時、彼女は急に表情を変え、

「え、ええ。もちろん」と小さく答えながら、用を思い出したと言って、席を立ってしまった。その取り乱した様子が源次郎は妙に気に掛った。

*

昌幸が真田家を継いでほどなくして、千寿は武田家の家臣、小山田昌辰（おやまだまさとき）の嫡男・茂誠（しげのぶ）と婚約した。と言っても千寿はまだ11歳、相手も12歳の少年だったから、許嫁（いいなずけ）として約束だけを交わすことになったのである。

その話を聞いた時、源次郎は生まれて初めて胸を締め付けられるような感情に襲われた。大人たちが揃って寿ぐ婚礼も、彼にとっては大事な姉を奪われる、忌まわしい事件にほかならなかったのである。

ある日、珍しく鏡の前で髪をといていた千寿に源次郎は後ろから声を掛けた。

「姉様、嫁に行くのか」

「まだまだ、先の話よ」

千寿は鏡の中の源次郎に答えた。

「相手はどんな男か」

「小山田氏の息子――」

「優しい男か」

「知らないわ、まだ、会ったことがないんだから」

「知らないのに嫁に行くのか」

「そなたねぇ。武家の女は、お家のために少しでもいい条件のところへ嫁ぐものなの。私たち姉弟は、真田家の発展のためにそれぞれが尽力しなければならないのだけれど、女の私にできることは唯一、この縁談を受けることなのよ」

源次郎はその言葉がどうにも納得できなかった。家のために、どんな男か分かりもせずに嫁いでいく姉がたまらなく憐れに思えた。源次郎はしばらく姉の後姿を眺めていたが、やがて黙ってその場を離れた。

それから数日後、躑躅ヶ崎館の近くで、源次郎は小山田氏の息子・茂誠を待ち伏せした。と、それらしき少年が2人連れでやってくる。

「待て」

源次郎は2人を呼び止めると、

「小山田茂誠殿か」と低い声で問うた。

「茂誠はそれがしだが、誰だお前は」

2人のうちの1人が、不審げな顔で聞いてきた。初め、源次郎は茂誠に「姉様のことを大切にしろよ」とでも、言おうと思っていたが、そのいやに整った顔を見るうち、気が変わった。

「おーっ」と掛け声を上げるや、茂誠めがけて突進していったのである。

茂誠はひょいっと体をかわすと、源次郎の首根っこをつかみ、足払いして地面に転がした。源次郎はすぐに立ち上がると、もう一度茂誠めがけて襲いかかろうとしたが、無駄だった。もう1人の少年に後ろから羽交い絞めにされ、再び地面に叩きつけられた。そうして、地面に横たわった状態のまま、源次郎は、茂誠とその友人によってボコボコにされたのである。

源次郎は這う這う（ほうほう）の体（てい）で家に帰って来た。問い詰める千寿に、源次郎は仕方なく一部始終を話した。

「ほんとにしょうがない子ねえ。臆病で、意気地なしのくせに、時にこんな大胆なことするんだから。もう、お嫁にいけなくなったらどうしてくれるのよ」

そう言って手当てをしながら、千寿はどこか嬉しそうだった。源次郎は意識が朦朧（もうろう）としつつも、心地よくその言葉を聞いていた。

千寿は後年、夫・茂誠に与えられた信濃（しなの）国小県（ちいさがた）郡村松（むらまつ）（長野県青木村）の領地で暮らすようになり、その地名を取って「村松殿（むらまつどの）」と称された。

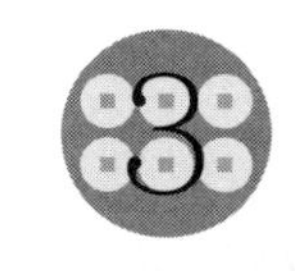

初恋

高嶺の花「北条夫人」を慕う

真田家の家督を継いだ昌幸は、甲府を出て真田家の故郷である信濃国真田郷の松尾本城（長野県上田市）に入った。おそらくは、佐久往還（今の国道１４１号線）に沿って八ヶ岳の東麓を北上し、小諸から千曲川沿いに西進したのだろう。もちろん、山之手殿をはじめ千寿・源三郎・源次郎（幸村）の三姉弟もそれに従った。その後ほどなくして、一家は松尾本城から西南の尾根筋にある砥石城に移ったとされる。

昌幸らが真田郷に入ってからも、武田勝頼は１つ年下の昌幸を何かと頼りにし、困難な戦の際は必ずと言っていいほど、彼を同道させた。天正４年（１５７６）、勝頼は徳川領に孤立した遠江の高天神城の救援に昌幸と共に出向いている。さらに天正８年（１５８０）には、昌幸に北条領となっていた東上野への侵攻を命じ、昌幸は調略を駆使して沼田城（群馬県沼田市）を無血開城させるという快挙を成し遂げた。

その頃、14歳となり思春期を迎えていた源次郎には、1人の想いを寄せる女性がいた。女性と言っても、彼にとっては高嶺の花というか雲の上のひとである。それは自分より3つ年上の「北条夫人（ほうじょうふじん）」こと武田勝頼（かつより）の正室であった。

　勝頼は永禄（えいろく）8年（1565）、織田信長の姪（めい）を信長の養女として娶ったが（遠山（とおやま）夫人）、彼女は永禄10年（1567）に嫡男・信勝（のぶかつ）を産んだあと、難産が原因で亡くなった。勝頼が、北条氏政（ほうじょううじまさ）の妹を後妻として迎えたのは、長篠の戦いの翌々年、天正5年（1577）1月のことである。今や北条夫人と呼ばれる彼女も、この時はまだ14歳の少女だった。その婚礼の式典を源次郎は、昨日のことのようにはっきりと思い出すことができる（その頃、真田一家はまだ甲府の屋敷住まいだった）。

　当時11歳になったばかりの源次郎は、家族らと共にその晴れやかな式典の見物に出かけた。躑躅ヶ崎館（つつじがさきやかた）の敷地内で、源次郎は大勢の人垣に紛れて新郎新婦のお披露目を見た。北風の吹きすさぶ中、32歳の勝頼に従ってしずしずと歩く白無垢（しろむく）の少女は、どこか蜻蛉（かげろう）のように儚（はかな）げであった。

　2人がちょうど源次郎の前に差し掛かった時、新婦の帯に挟まれていた赤い扇子（せんす）が、何の拍子かはらりと地面に落ち、変なはずみ方をして源次郎の足元で止まった。新婦はそれを見て、一瞬戸惑ったような表情をしたが、そのまま歩みを止められないでいた。

この時、日頃何事にも消極的な源次郎には珍しく、その扇子を拾うと新婦の横に出てそれを差し出した。彼女は、はっとした顔で源次郎を見た。そして、白魚のような手で扇子を受け取ると、僅かに顔をほころばせたのだった。

その瞬間、源次郎の胸にそれまで味わったことのない、何か甘酸っぱいような変てこな感覚が走った。以来、北条夫人は源次郎の心の中に大きな領域を占めるようになった。今では、彼にとって北条夫人は、同世代の少年がよく口にする「想い人」以外の何物でもなかったのである。

昌幸による沼田城の攻略は、武田方には快挙に違いなかったが、源次郎は北条夫人のことを思うと複雑な心境だった。北条夫人にしてみれば、夫・勝頼が実家である北条氏へ刃を向けたのである。そもそも、昌幸の沼田城攻めには次のような経緯があった。

勝頼は長篠の戦いのあと、織田・徳川連合に対抗するため、北条氏との間で軍事同盟(甲相同盟)を復活し、北条氏政の妹である北条夫人を後室に迎えたのであるが、北条氏同様、外交を強化しようとしていた越後の上杉氏の後継争いに肩入れしたことで、状況が変わった。

天正6年(1578)3月、稀代の名将・上杉謙信が死去すると、上杉氏では北条氏から養子に入っていた景虎と謙信の甥である景勝の間で、跡目争いが起こった。世に言う

「御館の乱」である。勝頼は、初め氏政の要請を受け景虎側に付き調整するが、結果的には両者の和睦は破綻し、景勝側の勝利で終わった。

天正7年（1579）3月、敗れた景虎は兄・北条氏政のいる小田原城（神奈川県小田原市）へ逃げ延びる途中、味方の謀反に遭って、自害を余儀なくされた。景虎は北条夫人の実兄である。この御館の乱により、武田氏と北条氏の仲は険悪なものとなり、甲相同盟は破綻する。勝頼は景勝に妹・菊姫を嫁がせ、上杉氏と甲越同盟を締結したうえで、昌幸に命じて北条氏の勢力下にあった東上野に侵攻を命じたのである。

武田家にあって、北条夫人はこうした事態の推移にどれほど悩ましい思いをしたか、源次郎には察するに余りあった。

昌幸が沼田城を攻略する前年の天正7年（1579）、兄・源三郎は14歳にして勝頼の嫡男・信勝と共に元服が許され、信幸と改名していた。源三郎の元服に、昌幸もさすがに感無量の面持ちであったが、山之手殿の喜びようは尋常ではなかった。息子の手を取りながら、

「これからは、父上を支えて真田の家名を上げるのですよ」と涙ながらに励ましたものである。

源三郎もそれに答えて、「必ずや父上、母上の期待に応えられるような武士になってみ

せまする」と胸を張った。

そんな光景を見て、源次郎は「優等生」の兄を心から賞賛した。しかし、この時もまた、うらやましいとか、自分も後に続きたいとか思うことは無かった。

源次郎は、自分は武士には向いていないのではないか、といつも悩ましく感じていた。子供の頃から、戦場で大勢の敵兵たちと斬り合う場面を想像しただけでぞっとするような臆病な性格だった。その上忠誠心に欠けるところは、自分でも認めざるを得なかった。忠義のために命を投げ出すようなことはとてもできそうになかった。しかし、武家に生まれた以上、いずれは必ずそうした事態に直面するのである。

ただ、このような懊悩（おうのう）から逃れられる唯一の方法を源次郎は知っていた。北条夫人のことを頭に思い浮かべるのである。不思議なことに、そうすることで死の恐怖からさらりと逃れることができた。武田家や真田家のために死ぬことはできずとも、北条夫人のためなら殉死（じゅんし）してもいいとさえ思うほどであった。

*

昌幸の東上野における一連の戦いに元服を済ませた兄・信幸は従った。しかし、源次郎は母・山之手殿とともに砥石（といし）城で留守を務めるよう父に命じられた。真田郷（さなだごう）は千曲（ちくま）川に注ぐ神川の中流域にあり、甲府周辺の高峰ほどではないにしろ、千メートルを超える山に囲まれた山間地であった。

「少しは期待していましたが、甲府同様、荒涼としたところだねえ」

山之手殿がそう独り言ちるのを源次郎は聞いたが、都育ちの母にはここもまた満足できる環境とは言えないようだった。

沼田城開城からほどなくして、源次郎は昌幸の命を受けて甲府を訪れた。命と言っても使いっ走りのようなものであったが、その時、彼は期せずして北条夫人と言葉を交わす機会を持った。

用務を終えて躑躅ヶ崎館の建物から庭園に出た時、庭園内の小さな池のほとりで身をかがめた1人の麗人の姿が目に入った。侍女は付いていなかったが、その後姿を一目見て、源次郎はそれが北条夫人であることを認めた。その白く上品なうなじは、北条夫人以外にはありえなかった。

人の気配に気づいたのか、彼女はそっと後ろを振り向いた。

「鯉に餌をやっておりますの」

黙って立っている源次郎を見て彼女は唐突に言った。

「鯉がお好きなのですか?」

源次郎は心臓が口から飛び出しそうな胸の高鳴りを覚えながら、ようやく思いついた言葉を口にした。

「鯉が好きなのは上様。私はただ可哀相(かわいそう)だなあ、と思って」

「可哀相？」

「だって、千曲川や利根(とね)川のような大川を知らず、この狭い池の中で生涯を終えていくのですもの」

源次郎は、ふと北条夫人が池の鯉に自らの運命を投影しているのだろうか、と思った。もしそうなら、その運命は彼女にとって不幸なものに違いなかった。確かにわずか14歳で北条氏から武田氏へ人質同然に嫁がされた身の上は、池の鯉の不自由さと大差ないのかもしれない。源次郎は暗然(あんぜん)たる気持ちになった。

「どうですか。このところの上田方面の戦況は？」

「えっ？」

突然現実に戻ったような北条夫人の質問に源次郎は戸惑った。

「何を驚いておられるのですか、真田昌幸殿の御子息(ごしそく)でいらっしゃいましょう？」

源次郎は、北条夫人が自分の顔と素性を知っていたことに、雷に打たれたような衝撃を覚えた。

「真田源次郎と申します。なぜ、それがしのような者のことを」

「婚礼の式典で、私の扇子を拾ってくださったじゃないですか。あの扇子、兄が嫁入りの餞にくれた、私にとっては大切な品だったのです」

そうだったのか、と源次郎は合点した。あのあと彼女は、感謝の気持ちから自分のことを誰かに聞いたのだろう。そして、4年が過ぎた今でも覚えていてくれている。扇子を拾うことで自分は彼女の何かを救ったのかもしれない、と源次郎は嬉しく思った。

その時、侍女が夫人を呼ぶ声が聞こえた。

「ああ、戻らないと。じゃあ、源次郎様、決して命を粗末になさいませぬよう。武運長久をお祈りしております」と言って、屋敷の中へ戻っていった。


天正9年（1581）7月、勝頼は義兄・穴山信君（梅雪）の進言により、織田信長の侵攻に備えて韮崎（山梨県韮崎市）に新府城の建設を始めた。ちなみに信君の妻は、武田信玄の二女（見性院）である。甲府の躑躅ヶ崎館はあくまで館であり、武田氏が甲斐国内に本格的な城を築くのは初めてのことであった。

信玄の時代、合戦とは打って出て行うものであり、守るという発想がなかったから、城郭を造らなかった。しかし、もはや武田氏にかつての勢いはない。前年、徳川家康に

初恋

攻められた遠江の高天神城を見殺しにして以降、その威信も大きく損なわれてしまった。今や敵から身を守るためには、城郭がどうしても必要だったのである。

勝頼は、昌幸に新府城の作事奉行を命じた。信幸・源次郎兄弟も昌幸の手伝いをするため、韮崎に入った。

新府城は、塩川と釜無川に挟まれた台地に築かれた。本曲輪、二の曲輪、三の曲輪、帯曲輪などによって構成された平山城で、躑躅ヶ崎館に引けを取らない規模だった。また、丸馬出し、三日月堀、枡形虎口といった防御施設が設けられ、図らずもこれらは後年、源次郎の城づくりに影響を与えることになる。

この年の12月、新府城が完成すると、勝頼の一族はこぞって甲府から移ってきた。もちろん、北条夫人も一緒である。勝頼らが入城した翌日、城づくりに関わった者たちを集めて、ささやかな祝いの宴が催された。

第一の功労者である昌幸は、家族を伴っての出席が許された。源次郎は、昌幸に従って山之手殿、信幸らとともに新府城の勝頼の屋敷に出向いた。

そこで源次郎は1年ぶりに北条夫人と対面した。18になったはずの彼女は、前回会った時より、少し細身になっているように見えた。度重なる、彼女にとって好まざる事件が、彼女の容姿を微妙に変化させているのかもしれなかった。

酒宴が始まって小半時（こはんとき）たち、皆酔いが回って会場がざわめき出した頃を見計らって、源次郎は、北条夫人の前に進み出た。勝頼は、他の数人の出席者に取り囲まれて、盛んに杯のやり取りをしている。

「御方様（おかたさま）、お久しぶりでございます」

「あ、源次郎様でしたね。こたびの築城には、父上、兄上とともに大変御尽力（ごじんりょく）いただいたとのこと。心より御礼申し上げます」

「いえ、それがしなどは、何のお役にも立っておりませぬ」

「御謙遜（ごけんそん）を。今後とも勝頼のこと、よろしくお願いいたします。これからは、そなたのような若衆が頼りですから」

北条夫人が「武田氏」ではなく、「勝頼」のことをよろしく、と言ったのが、源次郎には意外だった。自分の兄を死に追いやった夫のことを怨（うら）んではいないのだろうか。それでもなお、夫を愛しているのだろうか。

「お任せください。それがし、命に代えて」

そう言ってから、源次郎は普段の自分からは思いもつかないような言葉が口をついて出たことに、苦笑する思いだった。

「まあ、頼もしい。源次郎様が……」と言いかけて、北条夫人は、

砥石城跡遠望（長野県上田市上野）

「ひょっとして源次郎様は、もう元服されておられましたか」と聞いた。元服して名前が変わっているのなら、とんだ失礼をしたと思ったようだった。

「あ、いえ、兄は2年前に済ましましたが、それがしはまだ」

言い訳がましく答えたが、源次郎は生まれてこの方、これほど恥ずかしい思いをしたことはなかった。

年が明けると、源次郎は数えの16になる。信幸と源次郎は年子であるから、本来なら昨年のうちに元服していてもおかしくはなかった。しかし、父・昌幸は一向に源次郎を元服させようとする気配を見せないし、母・山之手殿も信幸の時のように昌幸にそれをせっつくような素振りを見せなかった。何より、元服が遅れることは源次郎本人が望むところでもあった。

しかし、北条夫人に面と向かって元服のことを話題にされると、自分の無能さが露呈(ろてい)してしまうようで、穴があったら入りたい気持ちだった。

「そうでしたか。でも急ぐことはありませぬ」と言って、彼女は穏やかに微笑んだ。北条夫人のこんな明るい表情を、源次郎は初めて見たような気がした。それは、自分をからかっているようでもあり、また、慰(なぐさ)めてくれているようでもあった。

源次郎は、何とも言えぬ心地よい感覚にしばし酔った。すると北条夫人は、今度は真顔

になって、こうつぶやいた。

「そう、全然急ぐことなどありませんわ。死に急ぐことなんて……」

＊

新府城完成のおめでたい雰囲気は長くは続かなかった。天正10年（１５８２）1月、織田・徳川連合軍の、武田領への侵攻の動きが活発化する中、武田一族で木曾谷の領主・木曽義昌（きそよしまさ）が信長と結び、勝頼に謀反した。

義昌は信玄の三女・真理（まり）姫を妻としており、勝頼にとっては義弟に当たる。勝頼は５０００の兵を木曽へ差し向けるとともに、新府城にいた義昌の70歳の生母と17歳の女子、13歳の嫡男を磔（はりつけ）の刑に処した。さらに、自らも1万５０００の兵を率い、木曽に向かって出陣することを決定した。

勝頼が出陣した翌日、源次郎は勝頼の居館の前で、数名の侍女を伴った北条夫人と出くわした。彼女は何処か外出先から戻って来た様子であったが、源次郎を認めると立ち止まり、侍女たちを留め置いて、１人源次郎の方へ近づいてきた。

「御方様、お出掛けでございましたか」

先に源次郎が声を掛けた。

「ちょっと、武田八幡宮まで」

「武田八幡宮?」

「ええ、勝頼勝利の願掛けに」

「そうでございましたか」

「大願成就の暁には、社殿を磨き回廊を建立いたします、と願文には記しましたが、果たして効果がありますやら」

彼女は諦めたような、力ない笑みを浮かべた。

「御方様の上様への思い、神仏に届かぬはずはございますまい」

「源次郎様、いよいよ最後の時が迫ってきたようです」

確かに事態は、武田氏の末期症状を示していた。

「気弱なことを申されてはいけません」

源次郎は何とか北条夫人を励まさなければならないと思った。

「あんな前途ある子供たちや年寄りにまで手を掛けなければならなかった上様の気持を思うとわたくし……」

北条夫人は目を伏せ言葉を詰まらせた。どこまでも勝頼を好意的に受け止めようとしている姿が、源次郎には痛々しかった。

「御方様、気をしっかりお持ちになりますよう」

源次郎は彼女をもう一度力づけるように言った。

北条夫人は何を思ったか、顔を上げるとすがるような目で源次郎に問うた。

「そなたが守ってくれるのですか?」

「それがし、命に代えて」

源次郎は以前と同じ台詞(せりふ)を口にした。

「元服もしてないで、よくそんなことが言えますね」

「えっ」

源次郎は、上品な北条夫人の口からこんな蓮(はす)っ葉(ぱ)な言葉を聞くとは思わなかった。みるみる青ざめる源次郎を見て、彼女は、

「ふふふ、冗談ですよ。源次郎様、励ましてくれてありがとう」と一笑して、侍女たちのほうへ戻り、彼女たちに付き添われて屋敷の中へ入っていった。

源次郎は半ば茫然としてその華奢(きゃしゃ)な後姿を見送った。上空の鉛色(なまりいろ)の空からは今にも雪が舞い落ちてきそうだった。その光景は、まさに武田氏の行く末を暗示するように源次郎には思えた。そして、彼の予感はまもなく現実のものとなるのである。

2月に入ると、織田信長の嫡男(ちゃくなん)・信忠(のぶただ)と重臣・滝川一益(たきがわかずます)が大軍でもって信濃(しなの)を攻めたてた。

軌を一にして徳川家康も駿河へ侵攻を開始する。勝頼が木曽義昌を討つため差し向けた部隊は、深い雪と義昌の地の利を生かした戦略の前に敗北を喫してしまう。折しも2月14日には浅間山が噴火。異変の前兆とされる火山の噴火に武田軍に動揺が広まった。

勝頼は昌幸らと諏訪の地で織田軍を迎え撃とうとするが、やはり武田一族で、駿河江尻城（静岡市清水区）の守将・穴山信君（梅雪）が家康に降伏したことで、背後をも脅かされる窮地に陥った。

2月28日、勝頼は新府城に引き上げ、最後の軍議を開く。そこで昌幸は、新府城を捨て、再起を期して上野国岩櫃城（群馬県東吾妻町）に落ち延びることを進言するが、勝頼は昌幸の献策を却下し、長坂光堅の主張を入れて、郡内（山梨県東部）にある小山田信茂の詰城・岩殿城（山梨県大月市）に移ることに決定した。

その夜、真田の屋敷に帰って来た昌幸は、家族たちを前にこう漏らした。

「何度進言申し上げても上様は、聞いてくださらなんだ。まさか、真田家は武田家に仕えてまだ三代ゆえ信用できない、という佞臣の言葉を信用されたとは思わぬが」

「父上のお考えでは、岩殿城は危険だと?」

信幸が神妙な顔で聞いた。

「当然じゃ、織田信忠の大軍は、すでに伊那の高遠城（長野県伊那市）を落とし、諏訪の辺りまで進んできている。高遠城主・仁科盛信(にしなもりのぶ)殿（信玄の五男）は討ち死にされたようじゃ。さらに寝返った穴山梅雪の案内で駿河から家康が早晩北上してこよう。郡内へ向かうのは自殺行為だ。ここは上野の岩櫃(いわびつ)城まで退いて再起を図るに如(し)くはない。それに」

「それに何でございますか」

今度は源次郎が聞いた。

「小山田信茂の様子がどうも気になる」

「まさか、謀反に及ぶと？」

源次郎は思わず身を乗り出した。

「武田一族の義昌殿や梅雪殿までが謀反したのだから、今や誰が寝返っても不思議ではない」

そう言ってから、昌幸は姿勢を正すと、

「わしは上様とは行動を別にして真田郷(さなだごう)へ向かい、そこで織田軍の攻撃に備えることになった。いずれ信長本人が乗り出してくるに違いなく、そうなれば決死の戦いを余儀なくされよう。もっとも、それまで武田氏が持ちこたえておればの話だがな。わしは、明日の朝一足先にここを立つ。そなたたちは、人質としてここに残す。今や上様は、誰に対しても疑心暗鬼(ぎしんあんき)になられておるからな。信幸は上様の出立を見届けてから、許可を得て母様、源次郎らを連れて真田郷へ来い」と指示を与えた。

＊

3月3日の早朝、そぼ降る雨の仲、勝頼の一行は郡内に向け新府城を出発した。騎乗の勝頼及びその側近を先頭に、妻子ら家族の乗った輿(こし)と侍女らが続き、そのあとに長々と兵士の列が一糸乱れずに城門を出ていった。

驚いたことに勝頼は、出発に際して城に火を放つよう家臣に命じていた。城内の数カ所から火の手が上がった。信幸は、真田の家臣をはじめ山之手殿や源次郎ら家族が安全に城から脱出できるよう、彼らに必要な指示を与えた。とは言っても、炎と煙が迫る中、真田の屋敷内はてんてこまいのありさまだった。

勝頼の一行が城下の外れまで来た時、突然一人の若武者が現れ、膝(ひざ)を屈して道をふさいだ。源次郎だった。彼は1人真田一族から離れ、勝頼を待ち伏せしていたのである。

「上様に申し上げます!」

「何者じゃ」

馬を止めた勝頼は落ち着いた声で聞いた。

「真田昌幸が息子、源次郎にございます」

初恋

「おう、源次郎か。危急の報告か」

勝頼は、昌幸からの伝令と勘違いしたようだった。

「上様、郡内は危険でございます。何卒、郡内行きを中止なさいますよう……」

「なんだ、そんなことを言いに来たのか」

「はっ、あちらに行けば、御家族をも命の危険にさらすことになろうかと」

「御家族」と言う言葉を口にした時、源次郎の頭にはっきりと北条夫人の顔が浮かんでいた。

「今回の郡内行きは、わしが熟慮を重ねて決定したものだ。そなた、それにケチを付けるつもりか」

「めっそうもございません。ただ、御家族のことを思いますれば……」

「心配は無用じゃ、源次郎。わしの家族のことはわしが一番よく考えておる。そなたなんぞよりは何十倍も、何百倍もじゃ。さあ、道を開けろ」

「上様、何卒、何卒！」

駄々をこねるように叫ぶ源次郎に、勝頼の護衛2人が業を煮やし、「いい加減にせぬか」と叱責しながら、源次郎の両脇をそれぞれ抱えると、軽々と持ち上げ、道から一段低くなった田んぼへと放り投げた。

「上様！」

源次郎は、田んぼの中から全身泥だらけになりながら、もう一度勝頼に向かって叫んだ。しかし勝頼の一行は、何の反応も示さずに再び行進を始めた。それが、源次郎には三途（さんず）の川を渡る死の行進のように見えた。

と、騎馬隊に続くいくつかの輿のうち、一つの輿の窓がすっと開いた。中に1人の女人の影が見えたが、逆光のためはっきりと顔を識別することはできなかった。しかし、源次郎はその女人が北条夫人であると信じて疑わなかった。窓はすぐに閉じられたが、彼女はそっと、自分に別れを告げてくれたに違いない。

「御方様……」

源次郎は、その輿を目で追いながら、死の淵（ふち）から彼女を救出できなかった申し訳なさで胸が締め付けられるようであった。

源次郎が、真田郷に向かう兄・信幸、母・山之手殿らの一行に追いついたのは、塩川の河畔であった。振り返ると、新府城が紅蓮（ぐれん）の炎に包まれている。新府城は完成からまだ3ヵ月しか経っていなかった。

源次郎は暗澹（あんたん）たる気持ちでその光景を眺めた。真田家の運命がこの先どうなるか、自分たちの命がいつまで保たれるのか、全く予断の許されない状況だった。

一行が頻発する一揆の恐怖にさらされながら、這う這うの体で砥石城にたどり着いたのは、3月11日であった。先に到着していた昌幸が出迎えてくれ、家族は無事再会できたことを喜び合った。だが、数日して、早馬により恐れていた知らせが舞い込んできた。

源次郎らが砥石城に入ったまさにその日、勝頼の率いる武田軍は、天目山（山梨県甲州市）で滝川一益の大軍と対戦し、善戦するも衆寡敵せず、勝頼・信勝父子は自害、多くの家臣が殉死し、武田氏は事実上滅亡したというのである。

郡内の岩殿城を目指していた勝頼一行は、途中昌幸の予想通り、小山田信茂の謀反に遭い、岩殿城への入城を諦め天目山へ向かったらしい。

「なぜ天目山などへ」

信幸がつぶやくと、

「天目山は、かつて武田氏の先祖が足利幕府に追われて自害したところだ。上様は再興なった武田氏が、またもや滅亡の危機に瀕したことを先祖に詫びに行かれたのかもしれない。死を覚悟されていたのだろう」と昌幸は推測した。

「御方様は？」

源次郎が恐る恐る尋ねると、早馬の使者は黙って首を横に振った。

勝頼は家臣に命じて北条夫人を小田原へ送り届けようとした。しかし、夫人はそれをかたくなに拒み、夫と運命を共にする道を選んだのだった。

黒髪の乱れたる世ぞはてしなき
思いに消ゆる露の玉の緒

という辞世の歌に添えて、ひと房の黒髪が彼女の実家である小田原の北条家へ送られたという。まだ19歳の若さだった。

北条夫人の、時に見せた悪戯(いたずら)っぽい笑顔が、源次郎の脳裏(のうり)に浮かんだ。決して幸せな生涯ではなかったろう。源次郎は主家である武田氏が滅びたことにも増して、北条夫人の死を悲しんだ。いつか、自分の武運長久を祈ってくれた彼女が、女の身でありながら、武士である自分よりも早く戦場で死に追い込まれたことが、何とも言えず悔しかった。

初体験

相手は家臣・堀田作兵衛の養女

武田氏が滅び、主家を亡くした真田家の命運は極めて危ういものであった。しかし、ここからの真田昌幸の行動は、策略家の面目躍如たるものがあった。源次郎（幸村）も、我が父ながら、その才覚にはただただ感嘆するほか無かった。

昌幸は織田軍と戦うため、上杉氏と北条氏の双方に臣従の意志を示し、援軍を求めていたが、武田氏が滅びたと知るや、4日後の3月15日に伊那の高遠城に入っていた信長の元に走り、織田氏への臣従を誓ってそれを許された。

信長の論功行賞により、上野国（群馬県）と信濃国（長野県）の小県、佐久の両郡は滝川一益に宛がわれ、昌幸は完全にその支配下に入ることになった。ひとまずは血を流さずに済んだ真田家であったが、やはりタダでという訳にはいかなかった。この時、昌幸は娘・千寿を信長の本拠・安土城（滋賀県近江八幡市）へ人質として送ったのである。近々、小山田茂誠との婚礼を控えていた千寿だったが、父の命に何ら躊躇することなく従った。

源次郎は、姉・千寿の気持ちを思うと言葉がなかった。女の幸せを目の前にしながら、一転して人身御供の身となるのである。しかも行先は、武田方では蛇蝎の如く評されてきた仇敵・信長の居城である。婚約が決まった時もそうだったように、千寿は日頃から父のため、家のためなら、いつでも身を挺する覚悟ができていたのだろう。

しかし、わずか3か月後に事態は大きく転回する。天正10年（1582）6月2日、本能寺（京都市中京区）で信長が家臣の明智光秀に討たれたのである（本能寺の変）。この日本史を揺るがす大事件は、遠く信濃・上野にも波紋を及ぼすことになった。

信長が死んだと知るや、北条氏がすかさず上野国に侵入する。関東管領に任ぜられ、厩橋城（群馬県前橋市）に入っていた滝川一益はそれを迎え撃つが、6月19日、「神流川の戦い（埼玉県上里町）」で敗れると、本国の伊勢（三重県）に逃げ帰ってしまった。

源次郎は、世の趨勢もさることながら、姉・千寿の安否が気になって仕方がなかった。千寿がひょっこりと砥石城に帰って来たのは、6月も下旬になってからのことである。千寿の婚約者である小山田茂誠が、千寿のことが心配でいてもたってもいられず、数人の家来を連れて安土城へ駆けつけ、見事彼女の救出に成功したのだった。

山之手殿は、千寿の姿を目にした時、信じられないという風に大きく目を見開き、千寿

初体験

のところへ駆け寄ると、一言も発せずに強く娘を抱きしめた。

「痛い、痛うございます、母上」と言いながら、千寿も目に涙をいっぱい浮かべている。

その光景に、源次郎もまた込み上げるものを禁じ得なかった。

翌日、落ち着いたところで、千寿は源次郎ら家族に安土城での様子を詳しく語ってくれた。いわく、海のように広大な湖・琵琶湖に面して聳え立つ6層の天主が、この世のものとは思えぬ絢爛豪華さであったこと。初めて見る信長は、細面で神経質そうな印象を受けたこと。信長が京へ出向いたあと、留守を預かった蒲生賢秀・氏郷父子が優しく接してくれたこと。

本能寺の変のあと、蒲生父子に代わって明智方の軍勢が城を占拠したが、6月13日の「山崎の戦い（京都府大山崎町）」で明智光秀が羽柴秀吉に敗れると、彼らは天主を含む城郭に火を放して退却したこと。その混乱に乗じて、助けに来た茂誠と共に城を脱出できたこと、などである。

源次郎にとって、かつては姉を奪い去る悪しき存在に映った茂誠だが、今や姉の命を救ってくれた、感謝しても感謝しきれない恩人であった。千寿が砥石城に帰ってほどなくして、千寿と茂誠は長い婚約期間に終止符を打ち、華燭の典を上げた。源次郎が2人の結婚を心から祝福したことは言うまでもない。

しかし、千寿の生還と婚礼という慶事に安堵してばかりはいられなかった。滝川一益の退去によって無主の地となった武田旧領をめぐり、北条氏直、上杉景勝、徳川家康三者による争奪戦が始まったのである。世に言う「天正壬午の乱」だ。

昌幸は初め氏直に、次いで家康に従属した。神流川の戦いに勝利した北条氏直は、上野から本国へ退去する滝川一益を追うように北信濃に入った。昌幸は、ここはひとまず北条に付くのが有利と見て、信濃衆を糾合し北条軍に合流する。

ところが、7月に入ると、三河（愛知県）・遠江（静岡県西部）に加え駿河（同東部）の領主となっていた徳川家康も、甲斐から信濃への侵攻を企て、甲斐の若神子（山梨県北杜市）で北条軍と対峙した。

この時、家康から昌幸に、当方に帰順すれば上野国吾妻郡・沼田領、信濃国小県郡の本領を安堵したうえ、新たに上野国の箕輪領と信濃国諏訪郡、さらには甲斐国で2000貫目を与えるという書状が届いた。昌幸が家康に靡いたのも無理からぬところであろう。

北条軍と徳川軍は80日間若神子で睨みあったが、10月29日、織田信長の二男・信雄、三男・信孝兄弟による調停で両者の間で和睦が成立し、ひとまず両軍は甲斐から兵を引いた。もっとも、この時の和睦の条件は、家康が信濃を、氏直が上野を領有するというもので、家康が昌幸に提示した条件を反故にするような内容も含まれていた。

初体験

ともあれ、当面の危機が去り、昌幸は沼田・吾妻領を支配するとともに小県郡の豪族を着々と配下に加え、自らの地盤を確保していった。そして天正11年（1583）4月、自らの居城として上田城（長野県上田市）の築城に着手する。これまでの拠点であった砥石城や岩櫃（いわびつ）城はいずれも山城であったが、昌幸はいよいよ単独の戦国大名として、平城（ひらじろ）を構えようとしたのである。

*

上田城の敷地は、砥石城の西南、千曲川右岸の分流である尼ヶ淵（あまがふち）に確保された。千曲川との高低差約20メートルの断崖上にあり、天然の要害であるとともに北国（ほっこく）街道に面した交通の要衝（ようしょう）でもあった。

この頃、昌幸は北信濃の上杉方の城攻めをたびたび行っており、信幸（のぶゆき）もそれに従うことが多かったため、城づくりはもっぱら17歳の源次郎が担当することになった。

初恋の人・北条夫人を失った源次郎の心の傷は、未だ癒（い）えてはいなかったが、彼は城づくりに没頭（ぼっとう）することで、彼女の幻影（げんえい）を断ち切ることができるのではないかと思った。

源次郎は、地盤の造成・堀の掘削・石垣の築設などの作業に当たる農民や雑兵（ぞうひょう）らの指揮監督に当たった。自ら進んで体を動かすことも多く、毎日のように現場で汗を流した。

楽しみと言えば、下女たちが昼時に用意してくれる握り飯だった。労働者たちは地べたに置かれた丸太の上に腰を下ろして食事をとったが、城主の子息である源次郎には床几が用意されていた。

そこへ腰かけていると、いつも決まった若い女が握り飯と茶を持ってきた。初めの頃、女は黙って置いて帰るだけであったが、いつの頃からか、「お疲れ様でございます」とか、「今日はいい天気でございますね」とか声をかけてくるようになった。源次郎は、そんな彼女と言葉を交わすのがだんだん楽しみになっていった。

ある時、源次郎は女に名前を聞いた。それまでは、おい女、と偉そうに声をかけていたが、そういう言い方はまだ十代の自分には似つかわしくないと感じ、名前で呼ぼうと考えたからだ。ところが、女の反応は意外なものだった。

「名前を聞いて何となされます」とつっけんどんに答えたのである。

「い、いや。いつまでも、おい、と呼ぶのもどうかと」

「おい、そこの女、で十分でございます」

そう言って、彼女は賄場の方へ戻っていった。その日、源次郎は中年の侍女を捉まえて、いつも茶を持ってくる女の名を尋ね、彼女があずさという地元の農家の娘であることを知った。

初体験

翌日、源次郎は女が茶を持ってくるや、

「そなた、あずさと申すそうじゃな」と声を掛けた。

あずさは別に驚きもせずに、「お知りになりましたね」と悪戯っぽく睨んだ。

その後、彼女は黙ってしまったので、源次郎は何か言わないといけないと思い、

「そなた、年はいくつじゃ」と問うた。

「年を聞いていかがなされます」

あずさは今度もそんなことを言った。

「真田家の若殿さまには無縁のことにございます」

「若殿というのは止めてくれ。それがしは二男ゆえ、いずれ真田家を出る身じゃ」

「存じておりますよ。御嫡男は男前の信幸様」

「知っておったか」

「もちろん。村の娘たちは信幸様を見かけるたび、きゃーきゃーとそれはもううるさいこと。信幸様のお茶を出す役回りは、希望者が多くて大変でございました」

「兄上は美丈夫の上、頭もよく剣術も強い。それがしとは大違いじゃ。そなたもそれを望んだのであろう?」

「いいえ、わたしは初めから源次郎様の賄役を望んでおりました」

上田城跡公園（長野県上田市二の丸）

「何故（なにゆえ）？」

「美丈夫は趣味に合いませんゆえ」

「な、なんと」

面食らう源次郎を目にして、あずさはカラカラと笑いながら持ち場に戻っていった。

それから10日ほどして、城の造成工事はほぼ完了した。建屋の建築が始まる前に地鎮祭（じちんさい）が催されることになった。開催日は、相次ぐ合戦に忙しい昌幸と信幸の都合に合わせて選ばれた。

地鎮祭では神主による儀式のあと、参列者に酒が振る舞われ、地元の娘たちによる舞が披露された。源次郎はその中にあずさを見つけた。大勢の娘たちの中で、源次郎には彼女が一番輝いて見えた。

その夜、源次郎は酔いを醒ますために兄たちと別れて、神社の辺りをぶらぶらと歩いた。上弦の月がきれいだった。辺りは静寂に包まれ、聞こえるのはか細い虫の音ばかりである。ふと、神社の祠（ほこら）の中から勢いよく飛び出してくる人影がある。危うく源次郎にぶつかりそうになるが、意外なことにその人物はあずさだった。

「源次郎様、ちょうどよかった」

あずさはおびえたように言った。

初体験

「いかがいたした?」

「祠の中に舞の飾り物をしまおうとしておりましたら、何か動くものが。わたし怖くって。ちょっと、確かめてもらえませんか」

「まさか、気のせいじゃろう」

源次郎が躊躇していると、

「ひょっとして、怖いのですか?」

あずさは上目づかいで、源次郎を挑発するように言った。

「まさか」

源次郎は、ここで引き下がっては沽券に関わると思い、そろりそろりと祠の中に入っていった。あずさも後ろからついてくる。

突然、暗闇の中から何か黒いものが、源次郎の顔に飛びかかった。

「うぉっ!」

源次郎が思わず叫ぶと、あずさも「キャー」と金切声を上げる。と、1匹のムジナが、森の方に向かってのそのそと歩いていく。

気が付くと、あずさは源次郎の胸に顔をうずめて震えている。

「あずさ、怖がることはない。ただのムジナじゃ」

源次郎が笑いながら言っても、あずさは源次郎から離れようとしない。源次郎が両手で無理矢理彼女の体を自分から離そうとする。ようやく源次郎の胸から離れたあずさの顔が、青白い月光に照らされるの見た時、突然源次郎は抗しがたい感情に襲われた。この女を自分のものにしたい……。

2人は重なり合ったまま、祠の中で倒れ込んだ。あずさが何か言葉を発したが、源次郎にはよく聞き取れなかった。否、無我夢中で聞く耳を持たなかったのだ。

*

源次郎が女と関係を持ったのはこれが初めてだった。その後、源次郎とあずさは示し合わせてたびたび逢瀬（おうせ）の時間を持った。場所はほとんどが神社の祠か森の中であった。源次郎にとって、あずさのいない生活はもはや考えられなかった。気が付けば、これまで彼の心の中に大きな領域を占めていた北条夫人への切ない想いは、潮が引くように消え失せていた。

ところが、数ヵ月が経った頃から、あずさは源次郎の誘いを拒むようになる。心配になった源次郎は、ある日あずさの家を訪ねて行った。板葺（いたぶ）きの粗末な家屋であった。家の中の板の間であずさは1人で横になっていた。

「どうしたあずさ、病か？」

源次郎が駆け寄ると、彼女は上半身を起こして、

「吐き気が止まらなくて」とつぶやいた。

「食あたりか。何か痛んだものでも食したか」

源次郎が無邪気に尋ねると、

「莫迦！」

あずさは呆（あき）れたように源次郎を睨（にら）んだ。

「ひょっとして……」

源次郎はようやく事態が飲み込めた。そして、この事態にどう対処すべきかを必死に考えた。その結果、答えは一つしかないという結論に達した。

「あずさ、一緒になろう」

源次郎がそう叫ぶと、あずさは、

「ほんとにどうしようもない人ね。そんなことできる訳がないじゃないですか」と言って、源次郎に背中を向けた。

源次郎は、上田城に向けて馬を疾駆（しっく）させた。上田城の本丸にはいくつかの建物が完成し、昌幸の家族は、源次郎も含めてすでに入城を済ませていた。

あずさは自分の身分を恥じて、源次郎の申し出を辞退したに違いなかった。本心は、源次郎と一緒になりたいと思っているに決まっている。源次郎は、何としてでも2人の結婚について、両親を説得しなければならないと思った。父母さえ認めてくれれば、あずさも受け入れてくれるに違いない。


「ははは、源次郎も男になったか」

上田城内の居館で、源次郎から一部始終を聞いた昌幸は、さも可笑(おか)しそうに笑った。

「古今、祭りの夜に男女の契(ちぎ)りは付き物じゃけ」

「それがしは、あずさを妻に娶りたく存じます」

源次郎は、不退転(ふたいてん)の決意で昌幸に思いを伝えた。

「源次郎よく聞け、そなたは大名家の子息なのじゃぞ。百姓風情と縁組などさせる訳にはいかん。いずれ、しかるべきところから嫁をもろうてやる」

昌幸の反応は想像以上の厳しいものだった。

「しかし、あずさにはそれがしの子が……」

「心配するな、悪いようにはせん」

「父上、それがしは、あずさのことが」

縋(すが)りつくように源次郎は訴えた。

「たわけ、武士たる者が、女ごときに好いた惚(ほ)れたなどとうつつを抜かしてどうする」

「父上！」

「くどい！」

そう叫ぶや、昌幸は憮然(ぶぜん)として部屋を出ていった。

それまで、黙って昌幸の隣に座っていた山之手殿(やまのてどの)が、夫に続いて部屋を出ていこうと立ち上がった時、源次郎に向かってそっと言った。

「源次郎、お前の辛(つら)い気持ちはよう分かる。しかしな、その女子にとって、武家の嫁になることが必ずしも、幸せかどうかは分かりませぬぞ」

山之手殿が何を根拠にそんなことを言うのか、源次郎には解(げ)せなかったが、もはや彼にこれ以上両親を説得する力は残っていなかった。甘かった。あずさの言った通りだった。彼女のほうが余程正確に事態を把握(はあく)していたのだ。

結局、あずさは昌幸の計らいで、真田家の家臣・堀田作兵衛(ほったさくべえ)に養女として預けられることになった。あずさはほどなく女子を産んだ。

源次郎は、そのことを山之手殿から聞かされた時、親の反対を押し切ってでもあずさと一緒になろうとしなかった自分に、激しい嫌悪感を覚えた。また一つ、自分という人間の限界を見たような気がした。

生まれた女子は菊と名付けられ、堀田作兵衛の息子・興重のもとで育てられた。源次郎は、あずさにも菊にも敢えて会いに行くことをしなかった。それが、意志の弱い自分に対する罰則と考えたのである。そう自らを戒めながらも、源次郎は、初めての我が子とその母のことを思わぬ日はなかった。

男色

信玄の娘・菊姫に救われる

徳川家康に臣従しながら、自らの居城・上田城を築いた昌幸であるが、天正12年（1584）3月、再び転機が訪れる。信長の死後、織田氏潰しを画策する羽柴秀吉に対し、それを面白く思わない信長の二男・織田信雄が、同調する徳川家康と組んで戦いを挑んだのだ。いわゆる「小牧・長久手の戦い（愛知県小牧市・長久手市）」である。

本能寺の変の直後、中国大返しという離れ業で光秀を滅ぼし、清洲会議で主導権を得た秀吉は、天正11年（1583）に「賤ヶ岳の戦い（滋賀県長浜市）」で信長の重臣だった柴田勝家を破り、今や天下取りの一番手と自他ともに認める存在にのし上がっていた。

そんな秀吉率いる軍勢10万に対し、信雄・家康連合軍は3万程度であったが、局地戦ではむしろ連合軍側が勝っていた。だが、全体としてはやはり多勢の秀吉軍が優勢であり、信雄が単独で秀吉の講和に応じてしまったため、家康も大義名分を失って同年11月、戦いは終結した。

　この戦いに昌幸は参戦していない。家康が、秀吉に味方する上杉景勝を牽制するため、昌幸を信濃に残しておいたのだ。その間昌幸は、上野国沼田領で北条軍と戦ったり、信濃国小県郡で土豪を抑えたり、領地の地盤固めに勤しんだ。

　ところが、小牧・長久手の戦いが終結すると、家康に対して北条氏から上野国沼田領を北条領とするようにとの要求が持ち上がった。天正10年（1582）、両者が若神子で和睦した時の条件の一つは、旧武田領のうち信濃国佐久郡と甲斐国都留郡を徳川領とし、上野国沼田領を北条領とすることであった。

　北条氏はその和睦条件を履行せよと言ってきたのである。しかし若神子の和睦後、沼田領は真田家が実質支配していた。家康は、昌幸に沼田領を北条氏に返すよう命じるが、昌幸は、

「沼田は家康殿から与えられたものではなく、自ら切り取ったもので真田家の固有の領土である。相応の代替地が宛がわれないかぎり、要求には応じられない」としてそれを拒否した。

　昌幸は、すでに大大名・徳川家康と袂を分かつ決意をしていたが、急いで家康を牽制する方策を考えねばならなかった。でないと、いつ家康に攻め滅ばされないとも限らない。

そこで考え付いたのが、これまでの敵・上杉景勝（うえすぎかげかつ）に近づくことであった。

天正13年（1585）7月、昌幸は上杉景勝への臣従を表明し、その証として二男・源次郎（幸村）を景勝の元に送った。これより源次郎の通算数年に及ぶ人質生活が始まるのである。

この時、源次郎は19歳になっていた。19歳にもなって源次郎はまだ元服を済ませていなかった。武家の子息は14、5歳になれば、元服するのが通例である。どういう訳か、昌幸は二男・源次郎を元服させなかった。しかし、それは他家への人質とするには好都合であった。あるいは、昌幸はその辺のところをしっかりと計算していたのかもしれない。

源次郎は家臣・矢沢頼康（やざわよりやす）と騎馬5名、足軽12名に伴われ、まずは上杉氏が占拠していた北信濃の海津（かいづ）城（長野市松代町）へ入るが、すぐに越後（えちご）の春日山（かすがやま）城（新潟県上越市）に移された。頼康は父・昌幸の従弟（いとこ）に当たり、今は真田氏に臣従する身であった。30を過ぎたばかりの働き盛りで、源次郎は頼康の同行をどんなにか頼もしく感じたことだろう。

春日山城は、永正（えいしょう）年間（16世紀初頭）に上杉氏の詰め城として春日山山頂に築かれた、天然の要害を持つ難攻不落の山城であった。本丸には立派な館が並び、尾根筋にはいくつもの砦（とりで）が配されていた。

源次郎を感動させたのは、本丸から北側に海（日本海）が望めたことである。山国育ちの源次郎は、ここに来て初めて海を見た。夏の白い雲に青い海原、砕ける白波、海からの風は微かに潮の香を運んでくる——遥か水平線の向こうにはいったい何があるのだろうと、源次郎は人質という立場も忘れ、少年のように胸を高鳴らせたのだった。

本丸の館でまず源次郎を出迎えてくれたのは、武田信玄の五女・菊姫だった。彼女は、6年前の天正7年（1579）に上杉景勝の元へ嫁いでいたのである。その前年、上杉家では当主・上杉謙信の死に伴い、景勝と景虎による後継者争いが勃発した（御館の乱）。武田勝頼はそれに介入し、最終的には景勝側に付いて、妹・菊姫を景勝に嫁がせるとともに、織田信長に対抗するため、景勝と軍事同盟（甲越同盟）を結んだのだった。

源次郎は甲府にいたころ、菊姫と何度か言葉を交わしたことがある。決して美人とは言えなかったが、気さくで愛嬌があり、源次郎のような家臣の子供にも気軽に声をかけてくれた。6年ぶりに見る28歳の彼女は、すっかり上杉家当主の正室としての落ち着きを身につけていた。

「菊姫様、お久しゅうございます」

上杉家では、彼女は甲州夫人、あるいは甲斐御寮人と呼ばれていたが、源次郎の心の中では今でも「菊姫様」であった。

「そなたも元気そうで何よりです」

「武田家のこと、何と申し上げてよいやら」

菊姫の実家である武田氏が滅んで3年が経とうとしていた。

「もう済んだこと。それより旧武田領をめぐって諸侯の争いが活発になっています。まあ上杉家もそうなんですが、死肉をハゲタカがあさっているようで、あまりいい気はしません。そなたも、きっとそのあおりを食って、人質とされたのでしょう」

「父・昌幸が、沼田城の北条への明け渡しを拒否したことから、家康に睨まれております。ここは景勝殿の後ろ盾がどうしても必要と」

「御苦労なことですね。何か悩み事があれば、遠慮なくこの私に申し出なさい」

菊姫は、姉が弟を労わるような言い方をした。

「有り難きお言葉」

「それと、源次郎殿。殿（景勝）には気を付けたほうがよろしいかと」

「と申しますと?」

訳が分からず、源次郎が聞き返すと、

「ま、そのうちに分かりましょう」

そう言って、菊姫は意味有り気な笑みを浮かべると、奥の部屋へと引き込んでいった。

しかし、菊姫の言葉の意味を源次郎はすぐに思い知ることになる。

*

それから2日後の夜、源次郎は本丸にある景勝の居室に呼ばれた。初めて見る景勝は、猛将・上杉謙信の後継者というには、随分と優男に見えた。この年、景勝は30になったばかりだった。

「真田源次郎殿、遠路はるばるご苦労であったな」

「いえ」

「父君の昌幸殿は息災か」

「はい」

「昌幸殿の機略には随分辛酸を舐めさせられたがな」

景勝は皮肉っぽく笑ってから、思い直したようにこう言った。

「さて、わざわざ越後まで出向いてくださったのだから、そなたに1000貫の知行を与えてしんぜようと思っておる」

「そのようなお気遣いは無用でございます。それがしは人質の身の上と心得ておりますゆえ」

「人質などと人聞きの悪い。昨日の敵は今日の味方じゃ。もっとも、知行を与える代わ

りにそれなりの仕事をしてもらわにゃならんがな」

「仕事と申しますと」

「武士の仕事といえば決まっておろう、戦関係じゃ」

「はぁ……」

源次郎には意外な言葉であった。知行が宛がわれることも、戦に出陣することも、人質には相応(ふさわ)しくない処遇に思えた。

それからしばらくして、景勝から領内の土豪(どごう)に謀反(むほん)の動きがあるので、真田衆に出動するよう命令が下った。ただ人質として日々を無駄に暮らすより、仕事を与えられる方が源次郎には張り合いがあった。

「殿、それでは只今から出陣いたします。真田衆の名誉にかけて、必ずや謀反者を鎮圧してまいります」

出立の日、源次郎は景勝の部屋へ戦姿で挨拶(あいさつ)に上がった。

「まあ、そんなに気負わなくともよい。真田衆には我が上杉兵の助っ人をしてくれればそれでよいのじゃ」

「は、では……」

源次郎がその場を辞そうとすると、景勝はそれを制して思わぬことを言った。

春日山城跡に立つ上杉謙信像（新潟県上越市中屋敷）

「ちょっと待て。そなたはここに残れ」

「え？　しかし、それがしが指揮をとらねば……」

「現場の指揮は、矢沢頼康に任せればよいではないか。そなたはここでわしと一緒に状況を的確に把握して現場に指令を出すのじゃ。将来、大将になるためのよき勉強になるぞ」

　そう言われると、源次郎には返す言葉がなかった。

　上杉の軍勢と共に矢沢頼康が率いる真田兵が出発すると、源次郎は景勝に言われるままに、2人で彼の居室に入った。その後、現場からの伝令が2度ほどあったが、いずれも、戦況が上杉側にとって順調である旨を伝えるものであった。

　それからしばらくは、手持ち無沙汰な時間が過ぎたが、ふと景勝は、隣の控え部屋にいる家来を呼ぶと、これから重要な軍議をするゆえ、誰も部屋に入らぬよう命じた。そして、おもむろに机の上に地図を広げると、源次郎を呼んだ。

「源次郎殿、これが越後の版図じゃ」と言って、越後国の地勢について説明を始めた。

「ここが高田城、ここが福島城」と諸城の位置や、北信濃の川中島の決戦場とその時の武田・上杉両軍の動きなどを、景勝は源次郎に体をくっつけるようにして解説した。

　初めのうちは、「はっ、はっ」と真面目に聞いていた源次郎であったが、だんだんと景勝の様子がおかしいことに気づき始めた。源次郎の肩に手を置いたり、二の腕をさすったりしたかと思うと、首筋に息を吹きかけたりする。そして、景勝の手が源次郎の股間に伸びて来た時、源次郎はたまらずその手を払いのけると、部屋を飛び出したのだった。

これが男色というものか。源次郎は、武士の世界にそういう風習があることを知識としては持っていたが、自分が当事者になるとは、これまで思ってもみなかった。景勝の部屋を飛び出して、何処をどう歩いたか源次郎は覚えなかった。気が付くと二の丸の庭園に佇んでいた。ふと誰かに声を掛けられる。菊姫であった。

「源次郎殿、いかがなされました?」

源次郎の顔は蒼白となっていたのだろう、菊姫の声は心配げであった。

「あ、菊姫様」

「出陣なされたのではなかったのですか?」

「それが、殿に残るように言われて」

その言葉を聞いて、菊姫は呆れたような顔になった。

「御身は守れましたか?」

「えっ?」

「だから、殿には気を付けるよう申したでしょう。殿は以前からそういう体質なのです。双方合意の上ならまだしも、相手の気持も考えずに、ということもたびたびで……」

源次郎は、ここに及んでようやく菊姫がこの前言った言葉の意味を理解した。

「必死の思いで部屋から出てまいりました」

「それはよかった。しかし、殿の趣味も幅広いものじゃ。この間までは美少年ばかり相手にされておったのじゃが」

源次郎は、菊姫の発言の失礼な意味合いに気づく余裕すらなかった。

「菊姫様、これからそれがしはどうすれば」

藁(わら)にも縋(すが)る思いで尋ねると、菊姫は、

「そうですねえ……」としばらく考え込む風であったが、やがて、

「ひとつ対処法があります」と答えた。

「何ですか、それは？」

「身代わりを用意するんです」

「身代わり？　それがしの？」

「そうです、無理にでも身代わりをあてがえば、ひょっとしたら殿の気がそちらに向くやも。そうなれば、そなたは殿の刃(やいば)から解放されましょう。真田衆の中で誰かおりませぬか、身代わりになりそうな人材が？」

源次郎は、家臣のうちの何人かを思い浮かべてみた。その時、源次郎の頭に引っかかっ

たのは、海野（うんの）という青年武士だった。海野は背は高かったが、細身で何より女のように色が白かった。景勝の好みが美少年であるなら、あるいは候補になり得るのではないか。

「心当たりを当たってみます」

源次郎は取りあえず菊姫にはそう答えた。

もっとも、ありのままを海野に伝えるのはさすがに気が引けたので、源次郎は海野を呼んで、自分の代わりに景勝の話し相手をするように頼んだ。海野はそれを命令と受け取ったのだろう、すんなりと従ってくれた。

幸いにも（海野にはとんだ災難だったろうが）景勝は海野を気に入ったようであった。菊姫の言葉通り、その後源次郎は景勝から誘いを受けることはなかった。一度、源次郎は罪悪感から、海野を呼んで何か困ったことがあれば、自分に報告するように伝えたが、彼は笑って、何も問題はありませんと答えた。あるいは、海野にとってそれほど迷惑な命ではなかったのかもしれない。

＊

8月に入ると、昌幸が景勝に属したことを知った家康が、上田城を攻撃しようとしているという情報が春日山城の源次郎の耳にも入った。源次郎は、昌幸や信幸とともに家康を迎え撃つため、上田城へ戻りたい旨景勝に申し出た。ところが、久々に源次郎を見て、景勝の目に再び好色の色が浮かんだ。

「上田には頼康を差し向けよう。そなたは、わしと一緒にここで待機せよ。場合によっては上杉の軍勢を出陣させる用意もある」

「有り難きお言葉。しかし、殿のお側には海野を付き添わせますゆえ」

「いや、海野はもういい」

「……」

その夜、源次郎は再び菊姫に相談した。

「それは、殿はもう海野に飽きられたということでしょう。再びそなたに目を向けられたに違いありません」

「菊姫様、それがしは一刻も早く父や兄の元に駆け付けとうございます。何とかなりませぬか」

「そうですねえ、ここはひとつ荒療治をいたしますか」

菊姫はまた何らかの対策を講じてくれそうであった。源次郎は、菊姫の指示に従って事を運んだ。景勝の元に上田からの情報を伝えに行くと、案の定、景勝は源次郎を自分の居室に誘ったが、源次郎はそれに進んで応じた。

２人きりになると、以前と同じように景勝は源次郎に体を寄せて来た。そして、その態度をさらにエスカレートさせた時、突然部屋の襖(ふすま)が勢いよく開いた。景勝が目を遣った先には、菊姫が憤怒(ふんぬ)の形相(ぎょうそう)で立っていた。

「殿！　何をなさっておいでです」

「そなた、何故(なぜ)ここに？」

景勝の顔から血の気が引いていくのがはっきり見て取れた。

「源次郎殿は、私の実家・旧武田家の家臣、真田昌幸殿からの大切な預かりものです。『傷物』にしてお返しする訳にはまいりませぬ。今後は私が責任を持ってお世話をいたします」

そう言うと、菊姫は、

「さあ、源次郎殿、参りましょう」と源次郎に声をかけた。

源次郎は、気の毒なほど恐縮しきった景勝を横目に見ながら、菊姫と共に部屋を後にしたのだった。

２人になってから、菊姫は改まった口調で源次郎に言った。

「源次郎殿、こたびは不愉快な思いをさせて誠に申し訳ありませんでした。でもね、殿は決して悪い人間ではないんですよ。そなた、あんな殿に嫁いだ私を不幸だとお思いでしょう？」

「いや、そんな……」

源次郎は、素直にはいとも言えず、言葉を濁した。

「そりゃあ最初は、いつまでたっても私に指1本触れない殿に失望しました。私の何処がお気に召さないのかと。けれど、殿の体質を知ってからはふっきれました。幸い性格的には私と殿の相性は悪くないのです。世継ぎをもうけることは叶わぬでしょうが、ただ、2人仲良く年を重ねてゆければと思っておるのです。どうか、この菊姫に免じて殿を許してやってもらえぬでしょうか」

頭を下げんばかりの菊姫に源次郎は慌てて言葉を返した。

「菊姫様、許すも許さないも、それがし、景勝殿に対して心から敬意と感謝の念を抱いております。景勝殿の存在があればこそ、真田家は後顧の憂いなく家康に立ち向うことができるのです」

そう言いながら、源次郎は頭の別のところで、夫婦にもいろんな形があるのだな、という感慨に耽っていた。

翌日、菊姫は景勝の立場を考慮してか、上田に戻ることは諦めるよう源次郎に言った。もともと人質なのだから、源次郎はその指示に従うしかなかった。代わりに許可を得て矢沢頼康を上田城へと戻らせた。

ただ、昌幸から景勝に改めて援軍要請が来ると、意外にも景勝は自ら５０００の兵を率いて、信濃国長沼（長野市北東部）まで出陣し、真田方支援のために待機した。彼のそうした行動にも、菊姫の影がちらついているように源次郎には感じられた。

それからしばらく、源次郎は上田の状況に気をもんだが、やがて朗報が入ってきた。閏8月2日、家康は家臣の鳥居元忠、大久保忠世らが率いる７０００の大軍を上田城に差し向けたが、昌幸は信幸と共に巧な戦術を駆使し、２０００ほどの兵でもって徳川軍に大打撃を与えたという。彼らは徳川勢を城中深く誘い込んでおいて、潜ませていた鉄砲隊により一斉に攻めたてたのだった。

その後も両軍の間で小競り合いが続いたものの、11月入って家康の重臣であった石川数正が秀吉の元に走ったこともあり、ついに徳川軍は上田から撤退した。こうして、徳川と真田がぶつかった第1次上田合戦は、真田方の勝利に終わったのである。

源次郎は、父と兄の戦果に遠く越後の地から快哉を叫んだのだった。

三姉妹

人質生活もまた楽しからずや

第1次上田合戦の際、昌幸は上杉景勝に臣従し、二男・源次郎（幸村）を人質として差し出していた訳だが、上杉景勝からの直接的な支援は得られなかった。そこで昌幸は、より頼りになる主君として羽柴秀吉に近づき始める。

そして、第1次上田合戦が終結するや、上杉景勝から羽柴秀吉への主君乗り換えの態度を鮮明にし、源次郎を景勝の元から呼び戻し、秀吉の住む大坂城へと送り込んだのであった。源次郎にとっては、全く寝耳に水の話であった。

源次郎が上田城からの伝令によって、昌幸の命を受けた時、幸いなことに城主・景勝は上洛中で不在だった。夜陰に紛れて、城を抜け出すことも可能であったが、源次郎は菊姫だけには挨拶をしておかねばならないと思った。

その日の夕刻、源次郎は菊姫の居館を尋ねた。彼は上田からの命について、包み隠さず菊姫に報告した。

「やはり景勝は頼りになりませんでしたか」

結局、第1次上田合戦で景勝は、待機させていた上杉の軍勢を動かすことは無かったのである。

「いや、そのようなことは。こたびのことは、父の、家康に対する戦略かと存じます。決して上杉家に矢を向けるようなことではございませぬ」

源次郎は釈明に努めた。

「そうですか。分かりました。後のことは心配なさりますな。私から殿に適当に説明しておきましょう」

菊姫は思いのほか簡単に事情を察してくれた。

「それにしても、御名残り惜しいですね。そなたがこの城におられたのは、わずか半年ばかりでありましたが」

「いろいろお世話になりました。菊姫様の御恩義、源次郎決して忘れませぬ」

源次郎の言葉に嘘はなかった。

「そうですね。あわや貞操が失われるところでしたから」

菊姫はそう言うと、カラカラと笑った。

三姉妹

天正13年（1585）末、大坂城（大阪市中央区）へ入った源次郎は、再び人質生活を送ることになった。大坂城は、天正11年（1583）に秀吉が石山本願寺の跡地に築き始め、源次郎が送られた頃には、本丸がほぼ完成しており、天守を備えたその威容に源次郎は思わず感嘆の声を上げたものである。豊後国（大分県）の戦国大名・大友宗麟が、三国無双と評したのも、ちょうどこの時分のことであった。

当時大坂城には、織田信長の姪で浅井長政の遺児である、茶々・初・江の三姉妹が預けられていた。年齢は茶々が18、初が17、江が14であった。源次郎が大坂城に来て一月ほどしてから、彼は三姉妹と言葉を交わすようになり、やがて軽口を叩き合う仲になった。と言っても、軽口を叩かれるのは、一方的に源次郎のほうであったが。少し年上の異性の人質は、彼女たちにとって、暇つぶしにはもってこいの相手だったのだろう。

三姉妹は、信長の命を受けた羽柴秀吉が小谷城（滋賀県長浜市）の浅井長政を攻めた際、落城間際に母・お市の方と共に城を抜け出した。この時、茶々4歳、初3歳、江はまだ乳飲み子であった。お市の方は信長の妹であり、三姉妹は信長の姪に当たるから、信長も悪いようにはしないであろう、という長政の判断だった。その判断は正しかったが、長政自身は妻子4人を見送った直後に自害して果てた。

信長の死後、お市の方が柴田勝家と再婚すると、三姉妹は勝家の居城・越前北ノ庄城（福井市大手）に母と共に移った。しかし、やがて勝家と秀吉が対立、賤ヶ岳の戦いで勝家を破った秀吉は、北ノ庄城へ攻め込み、勝家とお市の方は自刃したが、三姉妹はまたもや落城寸前に城を脱出し、秀吉の元に保護された。

3人は十代にして、2度の落城に遭遇するという大変な経験をしたばかりでなく、両親や義父を死に追いやった憎き敵である秀吉に養われるという、苦々しい運命に見舞われていたのである。

＊

三姉妹のうち、源次郎が最初に口を利いたのは一番下の江だった。彼女は、末っ子らしい人懐っこさで源次郎に話しかけて来たが、すでに一度嫁入りをし、その後離婚したと聞いて源次郎は驚いた。北ノ庄城落城の翌年、江は秀吉の命により、尾張国の名門、佐治氏の嫡男・佐治与九郎一成の元に嫁いだ。この時、江はわずか12歳、一成も16歳で、新郎新婦の年齢からして完全な政略結婚であった。

ところが、小牧・長久手の戦いにおいて、撤退する家康軍が大野川を渡河しようとした時、地元の一成がその難儀を見かねて援助したことで、秀吉の怒りを買う。自分の敵を助けるとは何事か、という訳である。秀吉は、茶々が病気だと偽って江を大坂城に呼び戻すと、そのまま一成の元へは帰さなかったのだという。

あどけなさの残る江は、とても離婚経験があるようには見えなかったし、おそらく結婚生活もママゴトのようなもので、きっと彼女はまだ生娘(きむすめ)なのだろうと源次郎は思った。

茶々(ちゃちゃ)と初(はつ)は年子であったが、源次郎の持った2人の第一印象はかなり違ったものだった。一口で言えば、初はしとやか、茶々はつんとした趣である。

大坂城に入ってすぐに年が明け、源次郎は数えの20歳となったが、未だ元服を済ませていなかった。秀吉は、いくら人質とはいえそれはまずかろうということで、自分の元で源次郎を元服させた。元服の儀式は大坂城で行われ、源次郎は名を信繁(のぶしげ)と改めた。

その数日後、源次郎改め信繁が、いつものように城内を散歩していると、突然江が駆け寄ってきて、今夜、彼女たちの住む屋敷へ来るように告げた。理由を聞いても答えず、彼女は「絶対、来てくださいよ。すっぽかしでもしたら、承知しませんから」と言い置いて、また足早に去って行った。

その夜、信繁が言われた通りに三姉妹の屋敷に行くと、中年の侍女が笑顔で出迎え、奥の座敷へと通された。襖を開けると、茶々、初、江の三人が並んで座っていた。いずれもにこりともせずに真顔である。

「さあ、どうぞお座りください」

茶々が上座の方へ信繁を誘った。

「これは何事です?」

そう言いながら、信繁は席についた。

3人ともそれに答えず、しばし沈黙が続いた。と次の瞬間、3人が声を揃え、満面の笑顔で叫んだのである。

「信繁様、元服おめでとうございます!」

「うぉっ」

信繁は仰天した。今で言う「サプライズ」であった。

3人の声が合図だったのだろう、さきほどの中年の侍女が、にやにやしながら茶と菓子を運んできた。

「苦節20年、よくがんばりましたね」

「これお江、信繁様がお困りじゃないか」

江の茶化したような物言いを初がたしなめた。

しかし、信繁は彼女たちの突然のもてなしがたまらなく嬉しかった。この2年というもの上杉、羽柴と居所を変えながら人質生活を余儀なくされてきた。ひょっとしたら、元服

はもう無理ではないかと諦めかけていたし、自らそれでも構わないと思っていたが、どこかで不安を抱いていたのも事実であった。

武家に生まれながら、元服できないとなれば、田畑も耕せず、商売もできない自分はいったいどのように見過ぎをしていけばよいのか。これまで頭を悩ませてきたあれやこれやが一度に蘇って、信繁は不覚にも感極まってしまったのである。

「いやだ、この人泣いてる」

江が信繁の顔を覗き込んだ。

「泣いてなどおらぬ」

信繁は大声で否定したが、そのあとすぐ、小娘相手にむきになった自分がどうしようもなく情けなく感じられた。

「でも、おめでたいことだわ。私たち3人、ほんとに嬉しく思っているのですよ。この上は歴史に名を残すような立派な武将になられますように」

茶々のしみじみとした言葉に、信繁は再び胸に熱いものが込み上げてくるのだった。

＊

ところが、元服を済ませてほどなく、信繁にとってのっぴきならぬ事態が引き起った。

秀吉が、家康との関係から真田家を裏切るような態度を見せ始めたのだ。その経緯はこうである。

天正12年（1584）の小牧・長久手の戦いで争った秀吉と家康は、家康が秀吉への従属を容認するという形で和睦が成立していた。その後、秀吉は関白に就任し、天皇から豊臣姓を賜る。しかし、家康はなかなか大坂城への出仕要請に従わず、そんな家康の態度にやきもきした秀吉は、すでに結婚していた妹・旭姫を離縁させて、家康の後妻として嫁がせ、また生母・大政所を人質として家康の生まれた岡崎城（愛知県岡崎市）へ差し出すなどして、盛んに家康の気を引こうとした。

それでも、動かない家康に、秀吉は上野国沼田領の問題解決のために真田家を討っても構わないという姿勢を示したのである。また、上杉景勝には昌幸を支援しないように命じ、その際、昌幸のことを「表裏比興の者」とまで評した。表裏比興とは、変幻自在に立場を変える昌幸を油断ならない人物として批判したものであろう。

そんな昌幸にとっても、今般の成り行きは思いがけないものだったに違いない。家康に対抗するため秀吉に臣従したのに、とんだ当て外れだった訳である。信繁は、状況から見て秀吉から城外退去を命じられるか、昌幸から帰国の命が出されるか、いずれかであろうと思った。

大阪城天守閣（大阪府大阪市中央区大阪城公園）

心晴れぬ日が続いたある日、信繁が城内の内堀の辺に佇んでいると、いつのまにか側に来ていた初に声を掛けられた。

「どうしたのですか、信繁様。暗いお顔をなされて」

「ああ、初様。ちょっと悩ましいことがござってな」

信繁は日頃の親しさから、つい事の次第を初に話した。話しても詮無いこととは承知しながら。しかし、初の反応は意外なものだった。

「そんな。それは秀吉様が悪い。信繁様が出ていくことなどありませんわ。私、秀吉様に直訴してまいります」

というや、信繁が止める間もなく、走り去ったのである。

それからしばらくして、信繁は事態が改善した旨の知らせを昌幸からの伝令により知らされた。彼は初め、本当に初が秀吉に直訴してそれが奏功したのかと思ったが、もちろんそうではなかった。

家康が秀吉への臣従を表明して、ついに大坂城へ出仕することが決定し、真田討伐は中止になったのであった。信繁はほっとした。しかし、それも束の間だった。

天正14年（1586）10月27日、徳川家康は大坂城に出向き、秀吉に臣下の礼をとった。

この時、信繁は家康を初めて目にした。秀吉の案内で場内を周遊する45歳の家康を、信繁

はこれが上田城を襲った真田家の仇敵か、という思いで睨みつけたものである。

ところが、この家康の出仕によって事態は意外な展開を見せる。秀吉は早速、信濃・上野の大名の仕置きを始めるが、その中で昌幸は、大名として認められたものの、皮肉にも家康に帰属するよう命じられたのである。

家康の命に服さねばならなくなった父の無念は想像するに余りあったが、それはそのまま信繁も共有する思いであった。信繁はすでに真田家の武士としての自覚ができ始めていたのである。

*

その後も信繁は大坂城に留まることになり、三姉妹ともそれまで通りの関係が続いた。

そんなある日、信繁は珍しく茶々から声を掛けられた。三姉妹の中で、信繁は茶々が一番苦手で、他の2人に比べるとどうも打ち解けて話すことができなかった。

「信繁様、ちょっと相談に乗っていただけませぬか」

「何用でございましょうか」

「来れば分かります」

信繁は三姉妹の屋敷の、以前3人が信繁の元服を祝ってくれた部屋へ通された。そこには、すでに初と江が座っていて、江は笑顔で、初は少しこわばった顔で信繁を迎えた。信繁が席につくと、茶々が突然切り出した。

「単刀直入に申しますが、実はこたび、初に縁談が持ち上がりました」

初のこわばった表情はそのせいかと信繁は思った。

「それは執着至極(しゅうちゃくしごく)にございます」

「執着至獄かどうかは相手次第でしょう?」と初が不服そうに言った。

「それはそうでございますが」

「だから、信繁様に品定め(しなさだ)をしてもらえぬかと思いまして」

あっけらかんとして、ずばり用件を言ってのけたのは江である。

「はあ、で、お相手は?」

「京極高次(きょうごくたかつぐ)様です」

茶々がすんなり名前を言った。

「京極家といえば、近江の名門。高次様はその御嫡男でございましょう? 確か浅井家とは縁戚関係がおありでは。申し分ないお話だと考えますが」

信繁は、特に反対する理由もなさそうな相手だったので、無責任ながらそう答えた。

「そう、高次様は従兄(いとこ)に当たるのだけれど、京極家も浅井家同様もはや没落。今や禄高

は5000石ほどとか」

茶々が心配そうな顔で言った。

「やっぱり、嫁ぎ先は豊かでないと」

そう口をはさんだ江を茶々がきっとした目で睨むと、江はぺろっと可愛い舌を出した。

「それに、本能寺の変以降の、高次様の行動が気に掛っております。高次様は、義兄の武田元明様と共に明智光秀側に付いて、秀吉様の居城・長浜城（滋賀県長浜市）を攻められました。山崎の合戦で光秀様が秀吉様に討たれると、元明様は自決されましたが、高次様は逃げ回って、一時は義父の柴田勝家を頼って、我々が暮らしていた北ノ庄城にも身を寄せておられました」

茶々は高次への懸念を一気にあげつらった。

「それが、突然2年ほど前に秀吉様に許されて、近江大溝城（滋賀県高島市）を与えられたのですが、秀吉様が高次様のことをどう思われているかもよく分からないのです」

当事者である初も不安の色を隠さない。

「その理由は、高次様の姉の竜子様が、秀吉様の御寵愛を受けられるようになったからではないかと。竜子様は、武田元明様の御正室だったのに」

そう江が口をはさんだが、男女間の噂が気になって仕方がない年頃なのだろう。

「あなたは、ちょっと黙っておいで」

茶々が江を嗜めた。

「けど、この中で結婚したことがあるのは私だけよ。経験者の意見は尊重してくれないと」

江は頰を膨らませた。

「家柄や禄高、当主の覚えも大事だけれど、やはり本人の人柄と言うか、性格というか、そういうことが肝心だと思うんです」茶々は続ける。

「はあ」

「で、信繁様の御意見が伺いたいのです。同じ男として武士として、高次様をどうお思いになるか」

茶々はそうまとめたが、要は江が言った通り、品定めをせよということであった。

「さて、それがしは一、二度お目にかかったぐらいで、高次殿の人となりをよくは存じてはおりません。でも、これまでの戦いぶりを見る限り、意志の強いお方とお見受けします」

「どうして？」

「よくは分かりませんが、高次殿はつねに京極家の再興を考えておられるとのこと。その目的のためなら、あらゆる辛酸を舐められるお覚悟ではないかと」

そう答えながら、信繁は父・昌幸のことを思っていた。昌幸もまた真田家存続のために

は手段を選ばない男だったからである。

茶々は疑い深そうに信繁を凝視(ぎょうし)すると、こう言った
「高次様と結婚して初は幸せになれるでしょうか？」

「えっ、それは……」

言葉に詰まる信繁に、茶々は珍しく意地の悪そうな笑みを浮かべた。

「ふふ、そんなことを聞かれても、お困りになりますね。では、質問を変えます。信繁様はどのような奥方を娶(めと)られようとお思いですか？」

突然自分のことを聞かれて動揺した信繁だが、いつか昌幸から聞かされたことをそのまま口にした。

「武士たる者、嫁取りは御家のため資するものでなければならない、と考えております」

「まあ、つまらない」と江が正直に反応した。

「では、結婚は別にしてどのような女子がお好みですか？」

今度は、初が真面目な顔で聞いた。

「そういうことは余り考えたことがございませぬ」

「ちゃんと答えなさい」とまたお江。

「強いて言えば、小太りで、しとやかで、思いやりのあるような」

仕方なく信繁が答えると、江がぷっと吹き出す。すると、茶々も初もつられて笑いだし、終いには3人揃ってあはは、あははと大笑いする事態となった。

たまらず、信繁は部屋を辞したが、茶々が追いかけてきて、所用があるからと途中まで信繁と肩を並べて歩いた。

「参りました。初様も、自分の結婚ぐらい自分で決断されればよろしいものを」

信繁が愚痴(ぐち)ると、

「そなた、鈍感な方ですね」

前を向いたまま茶々は言った。

「えっ?」

「初はそなたのことが好きなのですよ。できることならそなたと夫婦になりたいと」

その言葉に信繁は立ち止まり、茶々の顔をまじまじと見た。

「まさか、初様がそう申されたのですか?」

「いえ、でも私は姉ですよ。あの子の思っていることは手に取るように分かります」

信繁は、初が自分のことをそういう風な目で見ていたことを今の今まで気が付かなかった。彼は、大坂城へ来て以来、自分のどうした振る舞いが初にそんな気持ちを起こさしめたのか、全く思い当たる節が無かった。

そんな信繁に頓着することなく、茶々は、
「今日は、御手を煩わして申し訳ありませんでしたね。では」と言って、違う方向へ足早に去って行った。

京極高次と初の婚礼は天正15年（1587）春、近江大溝城で行われた。数十名の侍女や付き人に従われ輿に乗って近江へ向かう初を、信繁は茶々、江とともに大坂城の大手門で見送った。城内にいくつも植えられた桜の木は、いずれも花の盛りを迎えていた。

「幸せになられるといいですね」

信繁は横に立つ茶々に言った。

「ほんとに」

「今度は茶々様の番ですね」

そう言ってから、信繁はまずいことを口にしたと思った。旧浅井家の三姉妹のうち、三女・江も二女・初も輿入れしたのに（江は出戻っていたが）、なぜ長女の茶々だけが未婚なのか。そのことで城内ではとかくの噂が立っていた。

まことしやかに囁かれていたのが、秀吉が自分の側室とするために茶々を他家へ嫁がせないのだ、というものだった。秀吉は信長の小者をしていた頃、信長の妹・お市の方に憧れていた（もちろん、高嶺の花として眺めるほかなかったのだが）。そして、茶々は、三姉妹のうち母・お市の方に一番よく似ているという。

今や権力を手中にした秀吉が、そうしたことを考えるのは十分ありそうな話だと信繁は思っていた。

「私はどこにも嫁ぎません。お江が片付くまでは」

茶々は婚礼の行列を目で追いながら、ぽつりとそう答えた。近くの桜の木から、風に飛ばされた何枚かの花びらがはらはらと彼女の頭に舞い落ちる。その様が、信繁をなぜか不吉な気分にさせた。

茶々が、彼女にとっては父母の仇でもある秀吉の側室になったのは、それから半年ほどしてからのことであった。

女武士

忍城で甲斐姫と刀を合わせる

秀吉の命で、徳川家康の与力となることを求められた昌幸は、天正14年（１５８７）３月18日、駿府（静岡市葵区）の家康を訪ね、両者の間に和睦が成立した。そして、３年後の天正17年（１５８９）２月13日、昌幸は嫡男・信幸を家康に出仕させた。

家康は昌幸を従えさせてさぞ満悦だったのだろう、徳川四天王の１人である本多忠勝の娘・小松姫を、信幸の正室にあてがった。婚礼の儀は上田城で盛大に行われ、信繁（幸村）も帰国を許されそれに出席した。小松姫は、名将・本多忠勝の娘にしてはどこか弱々しい印象を信繁に与えた。

婚礼が終わって数日後、信繁が大坂城へ戻る準備をしていると、昌幸が彼を座敷に呼んだ。昌幸は上機嫌だった。

「こたび嫡男・信幸が妻を娶って落ち着いた。真田家にとって誠にめでたいことである」

信繁は、昌幸がこの結婚に満足している風なのを意外に思った。家康に押し付けられ、煮え湯を飲まされる思いではないかと、父の気持ちを忖度していたからである。合理的に物事を考える昌幸であってみれば、これも真田家発展のための必要悪と割り切っているのかもしれない。

続けて昌幸は、さらに意外なことを言った。

「今度はお前の番だ。実は相手はすでに決めてある」

信繁の結婚話を持ちかけて来たのである。

「それがしはまだ……」

実際、元服こそ済ましたものの未だ人質の身で、妻を娶ることなどできようはずがないと、信繁は思っていたのだ。昌幸はそんな信繁の気持ちを察したようだった。

「お前はもはや人質ではない。秀吉殿に出仕する身と考えればよい。信幸も家康殿に出仕したことで、今回のような良縁を得た。お前が結婚できぬ道理はない。それにな、武士たるもの、早く身を固め、なすべき仕事に集中することこそ望ましい」

信繁は、自分のなすべき仕事が果たして如何なるものか、自分でもよく分かっていなかった。だが、そんな話を父に持ち出せる訳もなかった。ともあれ、父のことだから、政略のため他国の武将の娘をあてがおうとしているのではないかと、信繁は想像したがそうではなかった。

相手は真田家の家臣・高梨内記(たかなしないき)の娘であった。内記は幸隆の代から真田家に仕え、信繁が子供の頃には、よく遊んでもらった記憶がある。愚直と言っていいほど忠誠心が旺盛(おうせい)で、昌幸が死ねと言えばおそらく、なんの躊躇(ちゅうちょ)もなくその命に従うだろうと、信繁には思われた。

その娘も信繁は以前から見知っており、何度か言葉を交わしたこともあった。容姿は、兄嫁の小松姫などと比べると、きわめて貧相であった。取柄と言えば、無口なことと大人しいところぐらいであろうか。二男の嫁としては、これぐらいのところが無難でよいと、昌幸は考えたのかもしれなかった。

「なんだ、不服か?」

煮え切らない態度の信繁を見て、昌幸は憮然(ぶぜん)として問うた。

「いえ、父上の仰(おお)せとあれば」と信繁は答えたが、ふとあずさの顔が頭に浮かんだ。そして、無意識のうちに内記の娘とあずさを比較し、生涯の妻としてあずさのほうを望ましく感じる自分に苦笑する思いであった。

それから半年後、信繁の婚礼が上田城で行われた。信幸のそれとは比較にならないくらい地味なものであった。信繁は新婦と共に大坂へ戻ろうとしたが、昌幸から足止めがかかった。というのは、上野国の情勢に不穏な動きが出始めたからである。

*

天正17年（1589）春、秀吉は北条氏と家康との間で懸案になっていた、上野国沼田領の問題に関して裁定を下し、沼田城を含む3分の2（利根川以東）を北条氏の領土とし、名胡桃城（群馬県月夜野町）のある残りの3分の1を真田領とした。併せて真田家には、代替地として信濃国伊那郡箕輪領（長野県上伊那郡）が宛がわれた。

ところが、北条氏はこれに従わず、11月3日に沼田城代・猪俣邦憲の兵が、真田家家臣・鈴木主水が守る名胡桃城を攻撃し、それを乗っ取ってしまったのである。この時、昌幸は直接兵を動かさなかったが、信繁は大坂城に戻ると、秀吉にことの経緯を詳しく説明した。

信繁は、秀吉と面と向かって話をしたのはこの時が初めてであった。緊張のあまり、言葉が詰まりがちになったが、必要なことはすべて伝えられたと信繁は思った。

「余の裁定を無視した北条の態度は許しがたい。真田家にすればさぞかし腹立たしい思いであろう。心配せずとも決してこのままでは済まさない。そう秀吉が申しておったと昌幸殿に伝えるがよい」

信繁はその言葉に大いに安心するとともに、「人たらし」と呼ばれる秀吉という人物の

女武士

魅力の一端を見たような気がした。

そして、秀吉は約束を守った。同年11月24日、彼は諸大名に北条討伐の出陣の命を出したのである。世に言う「小田原征伐」である。昌幸は翌天正18年（１８９０）3月上旬、信幸、信繁を従え上田を出発した。信繁にとって、これが実質的には初陣となった。

「秀吉殿の天下取りの最終戦が初陣とは、お前はついておるぞ」

出陣に当たって、昌幸は信繁にそう言うと豪快に笑った。信繁は24歳になっていた。武士としては如何にも奥手である。普通より10年は遅い。不都合なことに年が行っている分、合戦の危険性を冷静に計算できてしまう。果たして、生きて故郷の土を踏むことが可能だろうか。正に戦々恐々たる思いで信繁は出陣した。

上田を出て東に向かった真田の部隊は、上杉景勝、前田利家の軍勢と軽井沢で合流し（北陸隊）、まだ雪深い碓氷峠を越えて上野国に侵攻し、まずは松井田城（群馬県安中市）の攻略に取り掛かった。敵側の軍勢と向き合った時、信繁は少年のように心が高揚している自分に驚いた。怖いというより、よしやってやろうという気持ちの方が勝っていた。これが、いわゆる武者震いと言うものなのだろうか。

戦場で信繁は地味ながらもしっかりとした仕事をした。昌幸も初陣にしてはまずまずの働き、と珍しく褒めてくれた（年が行っているのだから当然だが、と付け加えられたが）。

これまで信繁は、自分は武士に向いていないと思っていたが、やはり血は争えないのかもしれない。祖父・幸隆、父・昌幸の血がこの体にどくどくと流れるその音を、信繁は聞いたような気がした。

真田の属する北陸隊は、松井田城を4月に陥落させると、さらに東に進んで武蔵国に入り、河越城（埼玉県川越市）、松山城（同県比企郡吉見町）などを攻め落としたあと、石田三成を総大将とする忍城攻略戦に参加した。忍城（同県行田市）は、南北を荒川と利根川に挟まれた平坦地にあった。

三成の配下には、大谷吉継や長束正家といった名のある武将がいた。一方、忍城側は城主・成田氏長が小田原城（神奈川県小田原市）詰めとなったため、従弟の成田長親が城代を務め、家臣や農民約３０００人が籠城していた。

この時三成は、長大な堤を築き利根川と荒川の水を城下に引き込む、水攻めの作戦をとった。天正10年（１５８２）の、秀吉による備中高松城（岡山市北区）の水攻めを参考にしたのかもしれない。しかし6月18日、大雨に見舞われると堤が2か所で決壊、逆に豊臣方に２７０人の犠牲者が出た。

真田の部隊は、三成が苦戦していることから、浅野長政らの軍勢と共に忍城に差し向けられたのであった。支援隊が到着するや、三成は早速籠城軍への攻撃を開始した。6月25

日、大手口で両軍による激しい戦闘が行われた。

この時、籠城側に1人の女武者の姿があった。信繁は戦闘の最中、馬上の彼女の姿をたびたび視界に捉えた。刀を手に敵軍の間を駆け巡る姿は、信繁にはあたかも野に舞う煌びやかな蝶のように見えた。その日両者の決着はつかず、豊臣軍は夜半にはそれぞれの陣に引き上げた。

真田の陣所で信繁は、昼間見た女武者が忍城主・成田氏長の娘であることを聞かされた。名を甲斐姫と言い、武芸に優れ、容姿も「東国無双の美人」と称されるほど優れているという。この日も彼女は、200余騎を率いて自ら刀を振るい、天下の豊臣軍を撃退したのだった。

信繁は、この美しい女戦士に対し感嘆しつつも何か憐れなものを感じた。小田原征伐に際して、秀吉は総勢21万とも22万とも言われる大軍を出動させていた。それに対して北条軍はせいぜい5万6000ほどで、大局的にみれば到底秀吉軍に勝てる見込みはなかった。北条方の忍城も、遅かれ早かれ落とされる運命にある。彼女の戦いは無駄な戦いとしか思えなかったのだ。

*

7月5日、豊臣軍は再び攻撃をしかけた。石田三成が下忍口から、大谷吉継が佐間口か

忍城跡公園（埼玉県行田市本丸）

女武士

ら、昌幸・信幸・信繁父子は浅野長政と共に持田口(もちだぐち)から一斉に攻め入った。このうち、信繁が加わった西側の持田口において、一番激しい戦闘が展開された。

信繁も白兵戦に身を投じたが、いつか戦いの場からはじき出されていた。ふと、横を見ると2人の武士が睨みあっている。が、目を凝(こ)らすと一方は女であった。

「女将軍、そなたを妻にしてやろう」

薄ら笑いを浮かべた豊臣方の武士が、女武士を取り押さえようとした刹那(せつな)、女武士は背中に潜ませた刀を抜くと、瞬(また)く間に武士を討ち取ってしまった。そして、相手の死を確認して戦闘に戻ろうとした時、人の気配に気づいたのか、信繁のほうに目を向けた。

信繁は女武士を真正面から見て、目がくらむような気がした。これが噂の甲斐姫かと思った。信繁は彼女と2人だけで向き合う格好になった。

「そなた、甲斐姫か」

信繁は恐る恐る尋ねた。

「いかにも。忍城主・成田氏長が娘・甲斐姫じゃ。そなたは?」

「真田信繁と申す」

「聞かぬ名だな」

「信州上田城主・真田昌幸の二男だ」

「おう、家康殿を破った名将の息子か。相手にとって不足は無い」

「いや、それがし、女を切る刀は持ち合わせていない」

「なら、こちらがそちの命をもらう」

信繁は甲斐姫の振るった太刀をかろうじて己が刀で受けた。

「女だと思って莫迦にしやがって。我々がいったい何をしたというのだ。わが城を攻める奴は、誰であろうと断じて許しはしない。その者のようにあの世へ送ってやる」

甲斐姫は目の端で、さっき殺めた武士のほうを示した。

甲斐姫が言うように彼女にとって、この戦はまったく理不尽なものであったに違いない。しかし、周りを見れば何処もかしこも理不尽なことだらけである。戦国の世とはそういうものだ、と言おうとして、信繁は甲斐姫の余りに真剣なまなざしに、思わずその言葉を飲み込んだ。

「莫迦にしているのではない。そなたは城主の娘だ。もうすぐ小田原城は開城する。さすれば、支城であるこの忍城も同じ運命になる。我々とその交渉をするのはそなたをおいてほかにないではないか」

甲斐姫が少し力を弱めたのが分かった。その時である。信繁の家臣の声が聞こえた。

「若殿！」

信繁の助太刀をしようと、何人かの兵がこちらに向けて駆けてくる。

それを見た甲斐姫は信繁から体を放し、少し後ずさりしたかと思うと、あっという間に家臣らと反対の方向に走り去っていった。

「待てー」

家臣の１人が信繁の前を通り過ぎ、甲斐姫を追いかけようとする。信繁はそれを急いで制した。

「追わなくてよい。それよりも持田口を制圧せよ」

家臣らは命に従い反転して持田口に向かったが、信繁は魔術にでも掛ったように、しばらくその場から体を動かせなかった。

翌7月6日、北条氏当主・北条氏直は豊臣方に降伏、北条氏の本拠・小田原城は開城された。その情報は、小田原城に籠城していた忍城主・成田氏長からの伝令により、すぐに忍城に伝えられた。それを受け、城代の成田長親は遅滞なく忍城の開城を表明した。

北条方の降伏により、秀吉は氏直を高野山に追放、氏直の父・氏政には切腹を言い渡し、早雲以来5代にわたって続いた小田原後北条氏は滅亡した。氏政は、信繁がかつて想いを寄せた北条夫人の兄であり、信繁は彼女のことがふと頭に浮かんだものの、長くそれに引きずられることはなかった。

7月14日、忍城は開城され、三成への城の引き渡しが行われた。その日信繁は、甲冑姿で馬に乗り、刺すような夏の陽ざしを浴びながら、ほかの武将たちと共に持田口から出てくる甲斐姫を見た。その美しく凛々しい姿に信繁はしばし見とれた。

信繁の前を通り過ぎる時、甲斐姫はちらっとこちらを見た。信繁は一瞬、彼女が自分のことを認めたのではないかと思ったが、それは錯覚だったかもしれない。甲斐姫は、すぐにまた元のように前方に目をやると、何事も無かったように馬を進めていった。

忍城開城後ほどなくして、成田一族は近江国生まれの武将・蒲生氏郷の預かりとなった。氏郷は、小田原征伐の後に行われた秀吉の奥州征伐により、陸奥国会津（福島県）42万石に移封されていた。甲斐姫も父・氏長らと共に会津に移った。

氏長はそこで、岩代福井城の守備を任されたが、天正18年（1590）11月、氏長が出陣した留守を狙って、氏郷にあてがわれた家臣・浜田兄弟が謀反を起こし、甲斐姫の継母をはじめ、多くの成田家関係者を殺害した。

そんな暴挙を甲斐姫が黙って見逃すはずはない。寡勢でもって浜田兄弟の軍勢に立ち向かうと、弟の十左衛門の首を討ち取り、兄・将監の右腕を切り落とす武勇を見せ、見事反乱軍を鎮圧したのだった。

その噂を聞いた時、信繁は人知れず顔をほころばせた。あの時、自分に向けられた美し

くも厳しい目で、暴徒を睨みつけている甲斐姫の姿が目に浮かんだのである。どんな不条理も許さない彼女の「武士魂」が、未だ健在なのを知って信繁は嬉しかった。しかし、その後の彼女には意外な運命が用意されていた。

甲斐姫の美貌と男勝(おとこまさ)りの武術を聞きつけて、好色の秀吉が食指(しょくし)を動かしたのである。秀吉は密かに使者を会津に送り、彼女に上京を命じたとされる。さすがの甲斐姫も、今や天下人となった秀吉の命に逆らうことはできなかったのだろう。

甲斐姫が秀吉の側室となったことを信繁が知るのはずっとのちのことである。あの、常にきっとした表情を崩さない甲斐姫が、夜ごと秀吉の腕に抱かれていることを思うと、信繁は、悲しさと悔しさがない交(ま)ぜになったような、どうにもやりきれない気持ちに駆られるのだった。

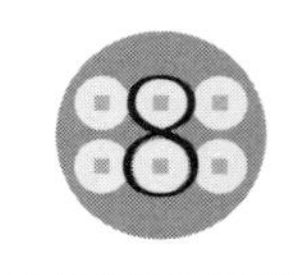

正室

名将・大谷吉継の娘を娶る

小田原征伐によって、再び真田家の領有が認められた沼田城（群馬県沼田市）は、昌幸の嫡男・信幸（のぶゆき）に宛がわれた。信幸は、弱冠（じゃっかん）25歳にして一国一城の主となった訳である。正式に初陣を果たした信繁（のぶしげ）（幸村）も、一応青年武将の扱いが受けられるようになった。

私生活においても、高梨内記の娘が女子を産んだ。信繁はその子を「市（いち）」と名付けたが、自分の子がこれほど可愛いものとは、今まで思いもよらなかった。あずさが産んだ女子・菊は手元に置くことが叶（かな）わなかったから、なおさらそう感じられたのかもしれない。

一方、日本国内をほぼ手中に収めた秀吉は、明（みん）を制圧するという妄想（もうそう）を抱き始める。そのため朝鮮出兵の準備を進め、文禄（ぶんろく）元年（1592）4月、15万の大軍を釜山（ぶさん）に送り込んだ（文禄の役）。真田父子もこの作戦に参加するが、朝鮮へは渡らず、前線基地である肥（ひ）前（ぜん）国の名護屋（なごや）城（佐賀県唐津市）に留まり任務に当たった。

秀吉は、側室の淀殿（茶々）、松の丸殿を連れて名護屋城に入っていた。信繁は城内で久方ぶりに茶々と顔を合わせた。茶々は秀吉の側室となってほどなく懐妊し、天正17年（1589）5月、長男・鶴松を出産した。53歳にして初めて跡取りに恵まれた秀吉の喜びようは大変なもので、褒美として淀城（京都市伏見区）という城まで茶々に与えたのであった。

しかし、鶴松は昨年3歳という短い生涯を終えてしまう。誕生の喜びが大きかっただけに、秀吉の落胆ぶりは尋常ではなく、明を征服するなどという無謀な考えも、鶴松を亡くした悲しみが原因ではないかとの噂もあった。

ともあれ、茶々が淀城に入って以降、信繁は彼女とは会っていないので、約3年ぶりの再会であった。信繁は26、茶々は24歳になっていた。

「淀殿、お久しぶりにございます」

「信繁様も息災そうで何よりです。こんな所でまたお目にかかれるなんて、ほんとに奇遇ですね」

茶々はそう言ってから、

「それから信繁様、以前のように茶々と呼んでください。淀殿というのはどうも」と付け加えた。

茶々は淀城に入って以降、淀殿と呼ばれるようになっていたが、彼女はそれをあまり好ましく思っていないようであった。

「……茶々様。これでよろしいか？」

「よろしい」

茶々は笑った。昔どおりの、少し冷たいけれど魅力的な笑い顔だった。

「鶴松様のこと、誠に残念でございました。十分なお悔やみも申し上げられなく、心苦しく思っておりました」

「鶴松のことを思うと今も心が痛みます。でも人には天から与えられた寿命というものがあります。鶴松はそれがひどく短かったということでしょう」

茶々の悲しみが胸に伝わってきて、信繁はそれ以上言うべき言葉を失った。

「でも私、諦めてはいません。こたび、肥前くんだりまで上様に付いて参ったのも、新たに世継ぎをもうけるためです」

そんなことをあけすけに言うところは、かつての茶々と異なっていた。それにその言葉は、信繁に意外な印象を与えた。というのも、秀吉はすでに世継ぎの誕生を諦め、関白職を甥の秀次（ひでつぐ）に譲り、自らは太閤（たいこう）と名乗るようになっていたからである。

茶々は自分の意志として、是が非でも世継ぎの母となろうとしているようであった。あ

るいは、秀吉の側室に上がる時、彼女はこの悲運を逆手に取るような、ある種の野望を抱いたのかもしれない。

信繁の困惑を察したのか、茶々は話題を変えた。

「あ、そうそう。お江が嫁にいったのはご存知ですか？」

「は、羽柴秀勝殿と再婚されたと伺っております」

この年、江は秀吉の甥で、秀吉の養子になっていた秀勝と再婚し、聚楽第で新婚生活を始めたことは信繁の耳にも入っていた。聚楽第（京都市上京区）は、天正15年（１５８７）に秀吉が京に造営した豪奢な政庁兼邸宅である。周囲には秀吉配下の大名たちが屋敷を構えており、江夫妻の新居もその一つだったのだろう。

「確かこたびの戦で、秀勝殿は9番隊８０００を率いて半島へ渡られた由」

「そうなんですよ。秀勝様の出陣を見送るお江の泣きそうな顔ったらありませんでした」

こんな突き放すような言い方も、昔の茶々には見られないものだった。

「さぞ仲がおよろしいんでしょうな」

江は20歳、秀勝は24歳だった。年齢から見てもお似合いの若いカップルである。江が最初に結婚したのはまだ12歳の時で、すぐに離婚させられているから、江はこの再婚によって、初めて女の幸せを噛みしめたのだろう。

「ほんとに羨ましいかぎりです」

冗談っぽく茶々は言ったが、その言葉の裏に彼女の結婚生活の不幸せが隠されているように信繁には思われた。ちなみに秀吉と茶々には32の年の開きがあった。

*

当初は快進撃を続け、あっという間に首都・漢城（現ソウル）を占拠した日本軍であったが、やがて李舜臣（イ・スンシン）率いる朝鮮水軍の反撃に遭うなどして戦局は停滞するようになる。それを反映して、名護屋城も重たい空気に包まれた。

9月に入って、江の夫・羽柴秀勝が戦地で病没したとの報が入る。京で夫の無事を日々祈っていたであろう江が、この報に接した時の気持ちを考えると、信繁はやりきれなさで胸がいっぱいになった。

そんなある日、信繁は本丸の高台から1人遠く玄界灘を眺めている茶々を見つけた。雨こそ降っていなかったが、どんよりとした雲が立ち込め、折からの強風で海面のあちこちに白波が立っていた。

茶々の後姿は、人から声を掛けられるのを拒絶しているように感じられたが、なんだか放っておけない気もして、信繁は声を掛けた。

「茶々様」

「あ、信繁様」

振り返った茶々は、我に返ったように笑顔を見せた。

「こんなところで何をしておいでです?」

「いや、人の命の儚さを改めて噛みしめていたのです」

「秀勝殿のことでございますか。お江様はどんなにお嘆きのことか」

「お江は結婚運に見放されているようです。最初の結婚も、2回目も1年と続かなったのですから。それに」

「それに?」

「お江は先月、女子を出産したようです」

「何ともはや」

信繁はどう答えていいか分からなかった。

「その女子は私が責任をもって育てます」

きっぱりとそう言った茶々は、以前の、妹思いの長女に戻ったようで、信繁には好ましく思えた。

茶々が再び懐妊したのは、年の瀬も押し迫ってからであった。彼女はすぐに名護屋城から大坂へ向けて出立したため、信繁は彼女にお祝いを言う機会が持てなかった。茶々は再び世継ぎの母となる可能性を手にしたが、信繁はそれが彼女にとって必ずしも幸せと言いきれないような気がしてならなかった。

文禄2年（1593）に入ると、日朝両軍の間で講和交渉が始まり、4月には一応の休戦合意に至った。5月、小西行長と石田三成・増田長盛・大谷吉継の三奉行が、秀吉に謁見させるため、明の勅使を連れて帰国した。信繁はこの戦いはやめるべきだと考えていたので、謁見の成否が気になった。

明勅使と秀吉の謁見は名護屋城の本丸で行われた。その翌日、城内で信繁は大谷吉継を見かけた。吉継は、秀吉をして「百万の兵を預けて思う存分戦わせてみたい」と言わしめるほど、指揮能力に優れた武将である。忍城の攻略戦に同じ豊臣方の武将として参陣していたことから、信繁はすでに彼と面識があった。

あの時、総大将の石田三成はとっつきにくかったが、吉継は若輩の信繁にも気軽に声をかけてくれ、以来、信繁は彼に好感を持っていた。

「吉継殿、謁見は無事に終わったのでしょうか」

信繁が挨拶がてらにそう問うと、

「おお信繁殿か。うまく行ったと言えばいえるし、行かなかったと言えば、そうかもし

名護屋城跡（佐賀県唐津市鎮西町名護屋）

れない」

吉継は禅問答のような答え方をした。

「それがしは、この戦には大義が無いように思えてなりませぬ」

信繁は正直に自分の考えを述べた。なぜ異国にまで攻め込んで、彼の地の人民に塗炭の苦しみを味わわせなければならないのか。全国土のほとんどを手中にした結果、大名たちの不満が高まらないよう、彼らの領土欲を外地にそらすためだとしたら、それは本末転倒の話ではないか、と。

「信繁殿、そうしたことを太閤殿下や三成殿の前で決して申してはなりませぬぞ」

吉継は厳しい表情で言ったが、すぐに、

「わしになら、いくら言ってもかまわぬがな。わしも大体はそなたと同じ考えゆえ」と笑みを浮かべながら付け加えた。

信繁は正に敵中に1人味方を得たような気分になった。

*

日朝両国が曲がりなりにも休戦状態になると、真田父子は大坂へ帰ることが許された。

この年の8月、茶々は大坂城で男子を産んだ。57歳の秀吉は再び男子を得て文字どおり欣

喜雀躍(きじゃくやく)し、第1子の鶴松を当初、捨て子は育つという古諺(こげん)に倣(なら)って「棄(すて)」と命名したのに対し、今度は「拾(ひろい)」と名付けた。のちの秀頼(ひでより)である。

さらに秀吉は、嫡男の誕生により、隠居用に築き始めていた伏見(ふしみ)城（京都市伏見区）の計画内容を大幅変更し、その普請役(ふしんやく)を昌幸父子に命じた。

豊臣家の慶事は、信繁にも思わぬ恩賞をもたらした。これまでの豊臣家への貢献が評価されて、従五位下左衛門佐(じゅうごいげさえもんのすけ)に叙任(じょにん)されるとともに、兄・信幸と共に秀吉から豊臣姓を賜ったのである。

もっとも信繁は、秀吉が純粋に自分個人を評価してくれているとはとても思えなかった。豊臣姓にしても、この時期何人もの武将に乱発されていたから、兄・信幸のついでに自分にも与えられたに違いなかった。

そんな頃、思いもかけず信繁に縁談が持ち上がった。この話は、今回も昌幸から告げられた。

「父上、私にはすでに妻子がおります」

信繁には、上田に真田家の家臣・高梨内記の娘である妻がおり、すでに市、梅(うめ)という2人の娘をもうけていた。

「男子はおるまいが」

昌幸のその言葉にも、

「嫡男ではない私に、側室をもうけてまで男子を確保する必要はありますまい」と信繁は否定的に答えた。

「しかしな、豊臣の姓を賜った者として、やはりそれなりの正室が必要だ」

「正室？　では今の妻は……」

「内記の手前、離縁するのは気の毒じゃ。しかし、側室の扱いにはなろうのう」

これといって取柄のない嫁であったが、長年の結婚生活で情も湧き、信繁は彼女以外に妻を置こうという気にはならなかった。

「こたびの話、ひょっとして太閤殿下の御意向でしょうか」

信繁がそう質(ただ)したのも、秀頼が誕生して以来、秀吉は自分の死後のことを考え、豊臣配下の武家同士の縁組を進め、体制の強化を図っていたからである。

「信繁、これは太閤殿下の命ではない。刑部少輔(ぎょうぶしょうゆう)・大谷吉継殿からのたっての申し入れなのじゃ」

「大谷殿？　ではお相手は……」

「左様、大谷殿の娘御だ」

大谷吉継の名を聞いて、信繁の心は動いた。あの豊臣政権の実力者が、大事な一人娘の

正室

結婚相手に自分を選んだことが意外に思われた。

「大谷殿は小田原征伐でそなたの働きぶりを見て、いたく気に入られたそうじゃ」

「そんな、それがしにとってあの戦は初陣も同然。働きぶりも何もあったものではありませんでした」

「そうじゃなあ。わしもそう思うが、大谷殿の目には違って見えたのじゃろう」

信繁は、名護屋城で朝鮮の役に関する自分の考えを吉継に開陳したが、あるいはそのことが、今回の吉継からの申し入れに関係しているのかもしれなかった。そうであるなら、無下には断れないと信繁は思った。

「どうじゃ信繁。名将・大谷吉継の娘とあれば、信幸の正室に比べても遜色はあるまい」

確かに吉継は、兄・信幸の岳父である家康の重臣・本多忠勝に勝るとも劣らない武将には違いなかった。

「はあ……」

信繁は曖昧な返事をしたが、昌幸はそれを了解の意と受け取ったようだった。

「しかしな、ひとつ気掛かりなのは大谷殿の病のことじゃ。最近とみに病状が悪化しているようで、婚礼を急がれるのもそのせいかもしれぬ」

吉継が病気を患っていることは信繁も以前から知っていた。小田原征伐の時はそれほど目立たなかったが、名護屋城では顔のただれを隠すためか、頭巾を被っていることが多かった。しかし、信繁は吉継の病がいかなる性質のもので、命に別条があるのかどうかも知らなかった。仮に吉継の病が死に至るものであっても、否そうであるならなおさら、吉継の希望を叶えなければならないと思った。

　昌幸の言葉通り、吉継は事を急いだため、話はとんとん拍子に進んだ。その年の秋、信繁と吉継の娘・宇津姫との婚礼の儀は、大坂城下の真田邸で行われた。信繁は28歳、宇津姫は16歳だった。何といっても新婦は刑部少輔の娘である。婚礼の夜、果たして新婦をどのように扱うべきか、信繁は頭を悩ませた。

　2人だけの寝所で、信繁は緊張した面持ちで新婦と向き合った。宇津姫の上品で理知的な顔立ちは父親譲りであった。

「それがしのような者のところへ嫁がされるとは意外であったのではないか」

「どうしてそのようなことを？」

「大谷刑部の娘とあれば、こんな田舎大名の二男より、上方でいくらでもいい嫁ぎ先が望めたであろうに」

　信繁が自分の身分に引け目を感じているのは確かだった。

正室

「父はあなた様のことをたいそう褒めておりました」

「それがしのどこが、褒められるというのだ。大した武功など全くと言っていいほど上げてはおらぬ。豊臣の姓にしたって、兄のおこぼれに預かったようなものだ」

「そんな形の上のことではございませぬ。父は人間としてあなた様を評価しておったようです」

「人間として？」

その言葉は信繁にとってまったく意想外のものであった。

「そうです。この男は何かとんでもない、人のできないことをやり遂げるに違いないと」

「へえ、それがしには買い被りとしか思えぬが」

信繁が正直な気持ちを吐露すると、

「私は、その人にできないこととやらを見てみとうございます」

そう言って、宇津姫はけしかけるような目で信繁を凝視した。

信繁は何も答えずに宇津姫の肩に手を掛けようとした。彼女はそれを軽く制して、

「これからは私だけにしてください」と言った。

「えっ？」

それが内記の娘との関係について言っていることに気が付くのに、信繁は少し時間がかか

かった。

「こういう関係は」宇津姫はそう付け加えた。

「ああ」と生返事をして、信繁は彼女の体を引き寄せようとする。と、宇津姫はまた口を開いた。

「私の体にも父の病が……どうします？」

一瞬、信繁の動きが止まった。吉継殿の病は、伝染あるいは遺伝する性質のものなのか。が次の瞬間、

「嘘ですよ」

宇津姫は、信繁の心の動揺を見透かすように笑った。さすが大谷吉継の娘、一筋縄ではいきそうにない。しかし、信繁に不快感はなかった。

「構わぬ。仮にそなたに父上の病がうつっていようと」

そう言うと、信繁は今度こそ力強く宇津姫を抱き寄せ、その細身の体に覆いかぶさったのであった。

信繁と宇津姫は、当面大坂城下の真田邸で暮らすことになった。

救出

関白・豊臣秀次の娘を側室に

信繁（幸村）が大谷吉継の娘・宇津姫と結婚した翌年、京都では凄惨な事件が起こっていた。秀吉の甥で、秀吉の後継者として関白職を譲られていた豊臣秀次が、謀反の罪を着せられて、高野山へ幽閉処分となった。しかし、これには多分に濡れ衣の疑いがあった。というのも、秀吉が秀次に関白職を譲ったのは、その頃、茶々が産んだ第1子の鶴松がわずか3歳で病死し、高齢の秀吉はもはや跡取りは望めないだろうと諦めていたからだった。しかし、第2子・秀頼の誕生で事態は一変する。

俄然、実子である秀頼を跡取りにしたいと考えた秀吉が、秀次の追い落としを謀ったとしてもおかしくはない。信繁もそれぐらいのことは今の秀吉ならやりかねないと思った。茶々が秀頼を後継者にするため秀吉に頼み込んだのだ、とまことしやかに言う者もあったが、茶々に限ってそんなことはないと、信繁は否定して回りたい気持ちだった。

秀次が幽閉される前、「殺生関白」という噂が巷間に流れた。秀次の異常な行動をあげつらったものである。正親町天皇崩御の日に喪に服すどころかシカ狩りに出かけたとか、神聖な比叡山内でサルやイノシシを狩り、延暦寺根本中堂でその肉を食べたとか、農作業をする百姓を的に鉄砲の練習をしたとか、といった類の話で、誇張された感は否めない。これらは秀吉筋がわざと吹聴したものではないか、と信繁は考えていた。

信繁は、所用を命じられて、聚楽第（秀次は関白職とともに聚楽第も秀吉から譲り受けていた）に秀次を訪ねたことが何度かある。信繁の１つ年下の秀次は、温厚で思慮深い印象を受けた。とても、そんな異常行動をとるような人物には見えなかった。

結局、秀次は高野山で切腹を命じられた。文禄4年（１５９５）7月15日のことである。享年28。雀部重政ら5人の家臣が、同日殉死した。だが、悲劇はそれだけでは済まなかった。秀次の妻子、侍女までもが処刑の対象となったのだ。

秀次切腹の数日後、大坂の信繁の屋敷に珍しく上田城の母・山之手殿から書状が届いた。その内容は、義父の菊亭晴季から、このままでは秀次に嫁いだ娘と2人の孫（1人は娘の連れ子）が処刑されてしまう。真田家得意の隠密行動で3人を救出してもらえないか、との要請があった。ついては、そなたの力でなんとかならないか、というものであった。

菊亭晴季の娘は一の台と称し、母は武田信玄の妹であった。秀次とは再婚であり、30を

過ぎて先夫との子・おみやを連れて秀次の元に嫁いだ（ちなみに、秀次は成長したおみやにも手を付けたとされ、母娘ともども関係を持ったことから、のちに秀次の妻子らの遺体を埋めた塚は「畜生塚」と呼ばれた）。秀次と再婚後、一の台は女子を１人もうけるが、その女子は、まだ11、２歳の少女だということだった。

信繁は、父や兄を差し置いて、母は何故自分に頼むのかと訝ったが、考えてみれば、ひとつ間違えばお家が潰れてしまうような「汚れ役」を、真田家の当主や跡取りに任せられるはずはない。そういう意味では信繁は「適役」なのだろうが、とても成功させる自信はなかった。

しかし、一方で信繁には満更でもない気持ちがあった。信繁はこれまで母・山之手殿から頼みごとをされたことがなかった。自分は兄に比べて頼りにならない存在なのだろう、やはり、そこには出生にまつわる何かが関わっているのではないか、という疑念さえ抱いていた。それは大人になった今も、心のどこかでくすぶっていた。だから、今回の縋りつくような母の頼みが嬉しくもあったのだ。

晴季が言うように、真田家は幸隆の時代から隠密行動をする忍びの者を数多く抱えていた。天文20年（１５５１）の砥石城の乗っ取り、永禄６年（１５６３）の岩櫃城攻略、天正13年（１５８５）の第１次上田合戦での勝利などは、彼らの活躍無くしてはあり得なかったと言われる。確かに忍者であれば、刑場から罪人を救い出すことも可能かもしれない。

昌幸が自家薬籠中の物として使いこなしていた真田忍者は、角田新右衛門、唐沢玄蕃、田村角内、割田重勝などであった。このうち、信繁が一番話しやすかったのは割田重勝である。信繁は昌幸には黙ったまま、重勝に相談してみることにした。

*

重勝が今現在、何処で何をしているのか全く分からなかったが、家臣の1人に伝言を頼むと、翌日の夕方、重勝は大坂の信繁邸に現れた。久々に見る重勝は、相変わらず温厚で物腰が柔らかかった。いかにも普通人ぽくて、忍者らしくないところが、優れた忍者の証なのだろう。ともあれ、親子ほど年の離れた信繁にも真摯に接してくれる重勝が、信繁は昔から好きだった。

信繁は、母・山之手殿からの依頼内容を、そのまま重勝に伝えて意見を聞いた。

「女子どもとはいえ、処刑前には京の街を引き回しにされるに違いなく、そうなってからでは手の出しようがない。助け出せるとすればその前の段階でありましょう」

さすが重勝、すぐに状況を理解して対策を考え始めたようであった。

「しかし、どうやって助け出す？」

救出

「身代わりを用意して、ひと芝居打ちますか」

重勝は首をひねりながらつぶやいた。続けて、

「もっとも、3人とも助け出すのは無理でしょう。危険が大きすぎる」と釘を刺すように言った。

「では誰を優先する?」

「扱いやすいのは、2人の孫娘でしょうな。娘の一の台は第一夫人ゆえ、救出は難しいかもしれませぬ」

「ともかく、1人でもよいから助けてやってくれ」

実際1人でも助ければ、晴季に対してひとまずは面目が立つと信繁は思った。

「うーん若殿にそうまで頼まれれば、一肌脱(ひとはだ)がない訳にはまいりませぬ。承知しました。配下の忍者を動かして何とかやってみましょう」

最後、重勝はそう頼もしく答えてくれた。

秀次妻子の刑が京の三条河原で執行された8月2日、信繁は大坂の自邸にいた。物見高い武将の中には、わざわざ見物に出かける者もあったが、信繁はとてもそんな血なまぐさい光景を見る気にはなれなかった。その日1日、重勝らの行動が果たして功を奏すか否か、ということが常に信繁の頭に渦巻いていた。

果たして翌日の朝早く、重勝が信繁の居宅に報告に訪れた。

「どうであったか」

信繁は身を乗り出すようにして聞いた。

「はっ、小さいほうの姫君はお助け申し上げました」

「そうか、よくやってくれたな」

信繁は大きく安堵（あんど）のため息をついた。

「しかし、令室ともう一人の姫は……」

重勝によると、晴季の娘・一の台は、予想通り監視の目が厳しく、とても付け入る隙がなかったという。孫娘のおみやも、秀次の御手付きであったせいか、他の側室と同様に扱われており、これまた救出の機会を見いだせなかった由であった。

重勝は処刑の模様を詳しく説明した。その日、死装束（しにしょうぞく）を身にまとった妻子たちは、7両の牛車に乗せられ、聚楽第の辺りから三条口まで洛中を引き回された。一の台は2番目、おみやは6番目の車に乗せられていた。三条口に到着すると、彼女らは車から下ろされ、三条河原へ引き立てられた。

河原には盛土の上に秀次の首が据（す）えられており、その前で荒くれた風体（ふうてい）の死刑執行人が妻子らを待ち構えていた。そして、残酷極まりない処刑が始まった。まず初めが子供たち

であった。執行人は4人の若君と姫君を犬コロでも扱うように刺殺(しさつ)した。
続いて30数名の妻妾の首を次々と刎(は)ねていった。そして、それらの遺体を事前に掘られていた大きな穴にまとめて埋めて塚をつくると、その上に「悪逆塚」と書かれた塔を立てた——。

「分かった、もうよい」

重勝の報告を聞いているうちに、気分の悪くなった信繁は途中でそれを制してから、

「で、下の孫娘はどのようにして助け出した?」と尋ねた。

「はい、隠密の1人を事前に番人に仕立てて、妻子らが監禁されていた徳永寿昌(とくながながまさ)邸に忍び込ませました。引き回しに出発する際、その隠密は姫君が吐き気を催したということにして厠(かわや)へ連れ出し、潜んでいたもう1人の隠密に引き渡しました。そして、代わりに姫君と背格好の似た娘の遺体を抱きかかえて集合場所にもどり、姫が恐怖のあまり舌を噛み切ったと叫んだのです。遺体の口元には豚の血をたっぷりと塗り付けておきました。なに、白い死装束にお河童(かっぱ)頭ですから、別人と気が付く番人はおりませんでした。ちなみに、代わりの遺体は、前日鴨川で水死した娘のもので、手を回して貰い受けていたのです。この時節、水遊びでの水難事故は毎日のように起こっておりますゆえ。何せ出発の直前ですから、役人はその隠密にそのまま遺体を処刑場に運ぶよう指示し、遺体は他の処刑者と一緒

瑞泉寺にある豊臣秀次と妻子らの墓（京都府京都市中京区木屋町三条下る）

に三条河原に掘られた穴に埋められました」

「なるほど、考えたな。で、孫娘は今どこに？」

「はい、京内のとある空家に匿っております」

「そうか、ではすぐに晴季殿に伝えよう」

信繁は急ぎ京へと馬を走らせた。途中、烏丸小路を北上する際、西側に主を亡くした聚楽第の天守が目に入った。秀次に譲られていた聚楽第はこのあとすぐ、秀吉によって徹底的に破壊されるのだが、もちろん信繁はまだそのことを知らない。

信繁は菊亭家の屋敷で、義理の祖父に当たる晴季と初めて対面した。晴季は50年配と聞いていたが、今回の事件で神経をすり減らしたせいか、信繁には70過ぎの老人に見えた。

「二の台様とおみや様は、残念ながらお助けすることはできませんでした。ただ、もう一人の姫君はお身柄を確保しております」

「そ、そうか。真知姫は助かったか」

孫娘の名は真知姫というらしい。信繁から孫娘の1人が生きていると聞いて、晴季は涙を流して喜んだ。おそらく、3人とも処刑されたものと覚悟していたのだろう。信繁の手を握って、かたじけない、かたじけないと、何度も頭を下げた。

信繁も危ない橋を渡った甲斐があったと思ったが、ひとしきり礼を言った晴季が、思わぬことを口にした。

「大変心苦しいことだが、もう一つお願いしたいことがある」

「は?」

「実は、余は明後日、今回の事件に絡んで越後へ流罪となる。なので、助けていただいた真知姫をそちらでしばらく預かってもらえないだろうか」

「いや、それは」

信繁は思わず拒絶しようとした。そんなことをしたら、いつこちらに災いの火の粉が降りかかってくるか分からなかった。

「御迷惑なのは百も承知だ。上田のほうで預かってもらえれば、太閤殿の追手にも気づかれまい。山之手殿にも余から改めてお願い申し上げるゆえ」

そう晴季に懇願されると、信繁の気持は揺らいだ。自分が断われば、母の立場は苦しいものになるに違いない。迷った挙句、ついに信繁はかぶりを振ってしまった。晴季はまた信繁の手を握り、「かたじけない」を連発したのであった。

*

翌日、信繁の屋敷に真知姫は連れてこられた。12歳になったばかりの彼女は、きっとし

た表情で信繁を見た。公家の気品と武家の気強さを併せ持っているようであった。それが一層、信繁には憐れに感じられた。

「それがしは真田信繁と申す。それがしの母は、そなたの祖父・菊亭晴季殿の養女であった。だから、そなたとそれがしは孫同士ということになる」

信繁は冗談のつもりで言ったが、真知姫はにこりともしない。彼女はすでに両親の死を分かっていたはずであるが、そのことに触れることは避けるべきだと思って、信繁は話題を変えた。

「そなた、真知姫と申すのだな」

「……」

「どこか具合の悪いところはないか」

「……」

真知姫は、相変わらず信繁を睨みつけるばかりで、一言も発しない。信繁は、真知姫を速やかに上田の母に預けるつもりであったが、しばらくは様子を見ることにした。このままでは、移動途中で川にでも飛び込みかねないと思った。

信繁は宇津姫を呼び、真知姫に部屋を与え、侍女を付けて面倒を見るように指示した。宇津姫は「承知いたしました」と言って、労わりの籠った眼差しを真知姫に向けた。秀次妻子の処刑は、余りの残虐さゆえ市井（しせい）の激しい反感を買った。そのせいか、秀吉の秀次一族への制裁、探索はぷっつりと途絶え、後を引くことは無かった。

その後、真知姫は精神的に落ち着いたところを見計らって上田城へ移され、城内の一室でひっそりとした生活を送った。城内では、ごく限られた者にしか、彼女の素性は知らされなかった。

慶長（けいちょう）3年（1598）8月18日、太閤秀吉は、伏見城においてその立身出世の生涯に幕を下ろした。62歳だった。秀吉の死に伴い、昌幸父子は一旦大坂の真田邸から上田城へと帰還した。それからほどなくして、思いがけなく菊亭晴季（きくていはるすえ）から信繁宛ての書状が届いた。晴季は復権して右大臣に返り咲いていた。

書状には、真知姫へのこれまでの厚情（こうじょう）に対する礼と、この上は真知姫を信繁殿の側室としていただきたい旨が綴られてあった。真知姫は15歳になっていた。当時としては、もう嫁に行ってもおかしくない年齢である。上田に戻って久しぶりに真知姫を見た時、信繁は余りにも娘らしくなっている彼女の様子に思わずドキッとしたものである。

信繁は弱ったなと思った。真知姫の将来については、常に考えてはいた。いずれ何処か適当なところへ嫁がせてやりたかったが、彼女の血塗られた過去を知れば、二の足を踏む者がほとんどだろうということは想像に難くなかった。

信繁は昌幸と山之手殿のところへ出向き、晴季の書状の内容を伝え、如何にすべきかを相談した。

「それは、いいお話ではないですか」

先に答えたのは山之手殿のほうであった。

「晴季様がどんなにお喜びになるか」

彼女には、何をおいても養父に義理を立てることが最重要事のようであった。

「わしも異存はない。むしろ側室は置いたほうがよいと思っておった」

昌幸もそう言ったが、彼は以前から折に触れ信繁に側室を持つことを勧めていた。というのも、信繁がこれまでにもうけた4子が、すべて女子だったからである（あずさとの間に長女・菊が、内記の娘との間に二女・市と三女・梅が、そして正室・宇津姫との間に四女・あぐりが誕生していた）。

当時の武家では、何といっても将来戦力となる男子の誕生が望まれた。その確率を上げるために側室をもうけることは、何ら恥じることではなかった。昌幸の言辞は、そうした武家の常識に沿ったものだったのである。

父母が勧めるとあれば、もはや信繁には晴季の申し出を辞退する理由は無かった。もっとも、信繁が承知したのは母の立場を慮（おもんばか）ったからで、父の考えに従おうとした訳ではない。だから、正室・宇津姫にしてもその辺りの事情を理解してくれるだろうと思った。宇津姫を娶る際、「今日からは私だけにしてください」と言った彼女の言葉を信繁は忘れていなかったのである。

真知姫は信繁の側室となったが、今までと暮らしぶりはまったく変わりなかった。信繁は彼女を寝所に呼ぶなどということは思いもよらなかった。

兄嫁

義姉・小松姫に入城を拒まれる

秀吉が死去すると、中央では五大老筆頭の徳川家康と、五奉行の1人で政務を取り仕切る石田三成が、それぞれ豊臣恩顧の武将を巻き込んで対立を深めていった。そして慶長5年（1600）7月、家康は、三成と親しい会津の上杉景勝に謀反の動きがあるとして、豊臣秀頼の命を受ける形で出陣。真田昌幸・信幸・信繁（幸村）父子も、この家康の動きに従った。

上杉景勝は、かつて信繁が人質として身を預けた越後の武将であった。信繁が大坂城へ移ったあと、景勝も秀吉に臣従し、越後・佐渡・出羽の90万石を領する大大名となった。小田原征伐、朝鮮の役にも出陣し、文禄4年（1595）には豊臣家五大老の1人に選任される。そして3年後、秀吉の死の直前に会津120万石に加増移封されていた。

秀吉の死後、家老の直江兼続に神指城（福島市会津若松市）の建築を命じると、家康は景勝の軍事力増強を非難し、上洛して申し開きをするよう求めた。だが、それを兼続が挑発的な返書（直江状）でもって拒否。憤慨した家康は景勝を成敗するため、大軍を会津に差し向けることを決定したのだった。

信繁は、小田原征伐でも朝鮮の役でも景勝を見かけたが、ゆっくりと言葉を交わす機会を持たなかった。持とうと思えば持てたに違いないが、あえて信繁はそうしなかった。挨拶もせずに越後の春日山城を抜け出し、大坂城へ移った気まずさもあったが、何よりも春日山城で景勝が自分に働いた異常な行動が原因していた。

景勝夫人である菊姫の助けがなければ、その後の自分の人生は違ったものになっていただろうと信繁は思った。その菊姫は小田原征伐の際、人質として上洛を命じられ、以来伏見の上杉邸で暮らしていると聞かされた。

信繁は景勝を討つことに対しても釈然としないものがあったが、何より菊姫を傷つけるようなことは絶対に避けたいと思っていたので、彼女が上洛中と知ってまずは一安心したのであった。

上田城を出発した昌幸と信繁が、下野国犬伏（栃木県佐野市）まで進んだ7月21日、石田三成の密使が現れ、三成が家康打倒のため挙兵したこと、ついてはそれに協力されたい旨を真田父子に伝えた。昌幸は、徳川秀忠率いる先発隊に従っていた信幸を急遽呼び寄せ、

兄嫁

3人はそこで、果たして真田家はいかに対処すべきか、密かに話し合った。世に言う「犬伏の密談」である。

「予想していたとはいえ、難しい事態になったものよ。太閤殿への恩義からいえば、遺児・秀頼殿を擁しておる三成殿に付くべきか。わしは、三成殿とは相婿の関係でもあるしな」

と昌幸がまず口火を切った。昌幸の五女は、石田三成の妻の兄・宇田頼次に嫁いでいたのである。

「それは太閤殿をして『表裏比興』とまで言わしめた父上とは思えないお言葉。三成殿は、経理の才には長けておられますが、こと戦となれば百戦錬磨の家康殿の敵ではありますまい。引き続き家康殿に従うのが得策かと考えますが」と信幸が反論する。

「そなたは嫁に気を使っておるのではないか。岳父・本多忠勝殿は徳川四天王の1人じゃからな」

「そ、そんなことがあるはずはございませぬ。嫁に気を遣うなど……」

2人のやりとりを聞いていた信繁がここで口をはさんだ。

「そういう談でいくなら、それがしの義父・大谷吉継殿は、三成殿に与しておられるようでございます」

「いや信繁、吉継殿は家康殿とも非常に懇意になさってきた。この先、矛先が変わることは十分考えられるぞ」

信幸の言葉通り、吉継が家康とも昵懇であったのは事実だった。家康と前田利家の仲が険悪になった時、吉継は自ら進んで徳川邸の警護を申し出ている。しかし、信繁は信幸の推測をきっぱりと否定した。

「そんなことは金輪際ございませぬ」

信繁は妻・宇津姫から聞いた、ある茶会での三成と吉継の逸話を思い出していた。出席者が茶を回し飲みする際、皆が、病気の吉継が口を付けた茶碗を嫌がり、飲むふりをするにとどめる中、三成だけは、吉継の顔から膿が落ちた茶を平然と飲み干したという。そんな三成を吉継は絶対に見捨てることはないと信繁は思ったのだ。

「2人とも嫁には頭が上がらぬようじゃのう」

昌幸が苦笑すると、

「決してそのようなことは」

信繁と信幸は同時に同じ言葉を吐いた。

「分かった。そなたたちの立場はよう分かった。かく言うわしとて、三成殿に人質として取られておる山之手が気にならん訳はない」

山之手殿は上田城から大坂の真田屋敷に移っており、今回の政変で三成により幽閉状態に置かれていたのだ。続けて昌幸は決然として言った。

「今からわしが決断を下す。よいか、わしと信繁は三成殿に付く。信幸はこのまま家康殿に従え」

「父上！」

信幸が無念そうに叫んだ。しかし、昌幸は、

「確かにお前の言うように分は家康のほうにあろう。しかしな、わしは家康という男がどうも好かんのじゃ。何というかその生き方がな。信幸、わしがいつも打算で動く男と思うておったか。そうでもないと言うことを肝（きも）に銘（めい）じておけ。もっとも、こうしておけば家康が勝っても、三成が勝っても真田家は生き残れる。これは打算の極みじゃがな」と言って、豪快に笑った。

＊

その夜、信繁は昌幸と2人だけになってから、意外なことを昌幸から打ち明けられた。

「今まで誰にも洩（も）らしたことはないが、かねてからわしは、信幸の出生に疑問を抱いておる。真の父親は別におるのじゃないかと」

「まさか……」

信繁は、思いもよらぬ告白に穴のあくほど父の顔を見た。

「千寿が生まれてしばらくして、山之手は藪入りと称して京へ帰ったことがあった。三月ほどで戻って来たが、しばらく様子がおかしかった。向こうから夜の営みを求めて来たりしての」

昌幸はさらに続けた。

「わしに嫁ぐ時、京に思いを寄せていた男がおったのだろう。藪入りで再会して、やけぼっくいに火が付いたことは十分に考えられる」

「そんなことは父上の想像でしょう?」

信繁は母を弁護したかった。

「そうじゃが、自分の子かそうでないかは分かるものじゃ」

確かに、数知れぬ調略で武勲を上げた父にとってみれば、嫁の心の中を見抜くことなど、訳のないことであったかもしれない。

「それがしは子供の頃、母様の本当の子ではないのではないかと、随分悩んだことがありました」

思わず信繁が、長年にわたる疑念を口にすると、

「ははは、お前は正真正銘、わしと山之手の子じゃ」

兄嫁

昌幸はそれを一言のもとに片付けた。

「では、父上はその疑いから、こたび兄上と別の選択を？」

「まさか。だが、よりお前のほうと共に戦いたかったのは事実じゃ」

昌幸はぽつりとそうつぶやいた。

7月23日早朝、昌幸と信繁は、信幸と別れ上田城に引き返すため、兵を率いて犬伏を出発した。その日の夕刻、一行は信幸の居城・沼田城の城下に達した。2人はしばし城に立ち寄ることにした。昌幸にしてみれば、この機会に孫の顔を見ておきたかったのだろう。信幸は小松姫との間に、信政（のぶまさ）、信重（のぶしげ）という2人の男子をもうけていた。信政は4歳、信重は2歳で、2人とも可愛い盛りだった。

しかし、沼田城の門は閉っていた。信繁は城内に向かって、城主・信幸の父と弟が来たことを伝えたが、城内からはなかなか沙汰（さた）がなかった。

小半時（こはんとき）ほどして、ようやく塀（へい）の上に人の動く気配がした。目を凝（こ）らすと、そこには甲冑（かっちゅう）で身を固めた義姉・小松姫の姿があった。信繁は一瞬目を疑った。これまで、奥方姿の小松姫しか目にしたことがなかったから。

「城門を開けよ」

昌幸は、塀の上の小松姫に向かって命令口調で言った。

それに対して小松姫は、

「先ほど、信幸様からの使者が来て、父上、信繁様とは敵味方の関係になったことを知らされました。そうなった以上、城の留守を預かる正室として、たとえ舅（しゅうと）であれ義弟であれ、城内にお入れすることはできませぬ」と返答した。

「まあ、そう堅いことを言うな。孫の顔を見ればすぐに引き上げる」

「なりませぬ」

小松姫はなおもきっぱりと拒絶した。

それを聞いた昌幸は呆（あき）れたように、

「まったく、鉄のような嫁じゃのう。あれでは信幸が気を遣うのも無理はない」とつぶやくと、手綱を取って馬を返し、

「信繁、行くぞと」と言って、さっさと城門を後にしたのであった。昌幸に従って部隊が去ったあと、信繁は１人塀の近くまで馬を進めて、塀の上の小松姫と向き合った。

「姉上、こたびのこと、何と申し上げてよいやら」

「信繁様、私も武士の娘の端くれです。戦国の世であれば、こうしたことは当然起こり得ましょう」

「今の今まで、姉上がこのような気丈（きじょう）な方とは思いませんでした」

沼田城跡に復元された本丸太鼓櫓（群馬県沼田市西倉内沼田公園内）

そう言いながら、信繁はいつだったか、小松姫の意外な一面に触れたことがあったと思った。あれは、朝鮮の役が終わって、信繁が父・兄と共に大坂から上田に引き揚げて来た頃だった。珍しく小松姫に呼ばれて、彼女の居室に入ったことがあった。

そこで、彼女は神妙な顔でこう切り出した。

「信繁様、そなた、京にいるお通という女子を御存じですか？」

お通こと小野お通は、詩歌や琴、書画に秀でるばかりか『浄瑠璃姫物語』の創作を行うほどの才女で、容色にも優れ、京の社交界ではちょっとした有名人であった。

「はあ、京で二、三度宴席を同じゅうしたことがございますが」

と答えて、信繁は内心しまった、と思った。遊び上手でもあった兄・信幸は上洛するたび、お通と親しく交流するようになっていたのだ。

「その時、殿も同席しておられましたか？」

畳みかけるように小松姫は聞いた。信繁の懸念は不運にも現実のものとなった。

小松姫はどこかで、お通と信幸の噂を耳に入れたに違いなかった。

もっとも、交流すると言っても2人の関係は、懇ろの仲という訳ではないと信繁は思っていた。だが、小松姫にとっては、夫が他の女性と交際していると聞けば、心中穏やかざるものがあったのだろう。

兄嫁

「いや、兄上はおられませんでした」

信繁は嘘をついた。が、元来嘘をつくのは得意なほうではない。小松姫はそれを敏感に感じ取ったに違いない。

「ほんとうですか?」

彼女は疑いの目で信繁を見た。

「なぜ、嘘をつかねばなりませぬ」

「……」

「もし、兄上が同席していたとしたら?」

黙ってしまった兄嫁に信繁は恐る恐る尋ねた。

「ただでは済ましませぬ」

まなじりを決した小松姫の表情を見て、信繁は彼女の内に秘めた、火の玉のような気性（きしょう）を見たような気がしたのだった。


信繁の回想をよそに、小松姫はニヤリとして言った。

「女は海のように秘密を抱えておりますゆえ」

「はあ」

「ただ……」

「ただ？」

「父上には、これまで本当によくしていただいて、それを思うと心苦しい限りです」

「まもなく天下分け目の戦いが始まります。生きるか死ぬかは五分五分です。父はその前に孫の顔を、そして姉上のお顔を見ておきたかったのでしょう」

「私の顔を？」

それは事実であった。昌幸は口にこそ出さなかったが、この嫁を実の娘のように可愛く思っていることを信繁は知っていた。家康との関係で貰わざるを得なかった嫁ではあったが、嫁いでくると意外にも昌幸の眼鏡に叶ったようであった。

小松姫はしばらく考え込んだ様子だったが、やがて、

「今夜は沼田で野営されるのでしょうか？」と尋ねた。

「はい、正覚寺の境内で」

信繁が答えると、

「では明日の早朝、地蔵橋を渡った利根川の対岸でお待ちいただくよう、父上にお伝えください」

そう言って、小松姫は塀の上から姿を消した。

＊

翌朝、信繁は父を連れて小松姫が言ったとおり、利根川に架かる地蔵橋の袂（たもと）に出向いた。あいにく濃い霧が出ていた。徐々に霧が晴れると、対岸に1頭の馬が現れた。馬上にあるのは小松姫のようであった。彼女は今日もまた甲冑姿で、よく見ると、自分の前と後ろに1人ずつ子供を乗せている。信幸の2人の息子であった。

小松姫は、ゆっくり馬を歩かせ、3回ほど小さな円を描いた。昌幸はそれを食い入るように見遣った。やがて、母子3人を乗せた馬は霧の中に消えていったが、昌幸はその方向に視線を残したまま、隣の信繁に「やっぱり、いい嫁だったな」とぽつりと漏らしたのだった。昌幸と信繁が小松姫を目にしたのはこれが最後だった。

それから一月半後の慶長5年（1600）9月初め、家康の嫡男・秀忠の率いる3万8000の大軍が、中山道（なかせんどう）を西へ向かう途上、昌幸・信繁の籠る上田城へ攻撃を仕掛けるという情報が入った。信幸の率いる部隊もその中に組み込まれているという。信繁は、昌幸の命で砥石城の防衛に当たっていたが、斥候（せっこう）からの報告で信幸が砥石城の攻略を任されたことを知る。

何ということか。骨肉の争いを前にして信繁は運命を呪った。ところが、信幸方の伝令が砥石城にやってきて、信幸が信繁と内密に会いたがっていると伝えた。

翌日信繁は、指定された神川の畔にある信濃国分寺に1人馬に乗って出かけた。果たしてそこには信幸がやはり1人で待っていた。

「信繁、先だっては小松姫が失礼なことをいたしたそうだな」

信幸はいきなり変な切り出し方をした。沼田城で彼女が昌幸と自分の入城を拒んだことを言っているのだとはすぐに分かったが、この緊急事態にそんなことはもはやどうでもよかった。

「いや、父上もそれがしも気にはしておりませぬ」

「小松姫のほうは随分と気に病んでおったゆえ」

「むしろ、武家の嫁としてあっぱれじゃと、父上は申されておりました」

信繁はそう返したが、小松姫があの日のことを気にしているとは意外だった。

「そんなことより兄上、砥石城の攻略を命じられておられるとか」

「そうじゃ、もちろん今日の用件はそのことじゃ」

信幸は気持を切り替えるように表情を引き締めた。

「それがし、兄上に矢を向けるようなことはいたしとうございません」

「それは私とて同じこと。それでじゃ、明日にでも砥石城を明け渡してはもらえぬか」

兄嫁

「えっ？　しかし、そんなことは……」

兄の提案は敵前逃亡をせよ、という風に信繁には聞こえた。

「いや、砥石城を出て上田城に入り、父上と共に全力で籠城戦に臨むのじゃ」

「しかし、父が何と申されるか」

「父上にはこう伝えよ。秀忠殿の軍は先を急いでおる。3日も持ちこたえれば諦めて出立するであろう、と」

兄の目に嘘は無いように思えた。

「実はな信繁、こたびの出陣に際して小松姫からきつく言われておるのじゃ」

「何と？」

「父上とそなたを傷つけるようなことをすれば、実家へ帰ると」

そう言うと信幸は気まずそうに笑った。

上田城に戻った信繁は、早速昌幸に信幸の意向を報告すると、昌幸は黙ってうなずいた。彼の頭には何か作戦が浮かんだかのようだった。翌日、信繁は砥石城を開城すると、部隊を連れて上田城に引き上げた。そこで昌幸と共に戦略を練ったが、信繁はこの時ほど実践的な兵学を学んだことはなかった。

秀忠は再三、昌幸に投降を呼びかけて来たが、昌幸は強硬に拒絶すると思いきや、言を左右にしてのらりくらりとそれをかわした。業を煮やした秀忠が攻撃を開始すると、昌幸は待ってましたとばかりに、これまで練に練った作戦を実行に移す。

秀忠軍が東側から神川を渡り、城下に入ったと見るや、信繁が兵を率いて城内から討って出、同時に各所に潜ませていた伏兵を突撃させた。ひるんだ敵軍が神川を逆に渡ろうとするところで、事前に設置していた上流の堰を切り、たまっていた水を一気に流した。濁流に襲われた秀忠軍は大混乱に陥り、撤退を余儀なくされた。

昌幸は、前回同様、敵を城下の懐深く誘い込む戦略で、再び徳川の大軍に勝利したのであった(第2次上田合戦)。信繁は改めて父・昌幸の智謀家としての才能に敬服する思いだった。そして、この戦いで父から学んだことが、のちに彼の名を歴史に残さしめることになるのである。

昌幸の策略で10日間も足止めにされた秀忠軍は、ついに上田城の攻略をあきらめ、先を急いだが、9月15日の関ヶ原の合戦には間に合わず、秀忠は戦後、家康から大叱責を受ける仕儀となった。

嫉妬

正室・側室同伴の蟄居生活

第2次上田合戦で徳川軍を撃退した昌幸と信繁（幸村）であったが、「関ヶ原の合戦（岐阜県関ヶ原町）」では、家康側の東軍がわずか1日で勝利を収めた。西軍を率いた石田三成、小西行長、安国寺恵瓊の3人は逃亡するも捕えられ、京の六条河原で処刑、首級は三条河原に晒された。

当然のごとく、昌幸と信繁にも死罪が言い渡され、上田領も没収されてしまう。しかし、家康側に付いていた信幸の必死の助命嘆願が功を奏して、2人は死一等を免じられ、高野山への流罪となった。この減刑措置には小松姫の尽力もあったと聞いて、信繁は改めてこの端倪すべからざる兄嫁のことを思った。彼女は実家の父・本多忠勝に書状を出し、家康への取り成しを頼んだのだという。

家康は約束通り上田領を信幸に与えたが、それも、昌幸にとっては敗戦した場合の思惑通りであったかもしれない。もっとも信幸は、家康への手前、父の名から取った「幸」の字を憚って、関ヶ原の合戦以後名を「信之」と改めた。

関ヶ原の合戦は、西軍の諸将に多くの悲劇を生んだ。宇津姫の父・大谷吉継が討ち死にしたことも、その一つである。本来不戦論者であったに違いない岳父の死を信繁は大いに悼んだ。

西軍についた吉継は、５７００の兵を率いて関ヶ原西南の藤川台に布陣した。しかし、その南の松尾山に陣を敷いていた小早川秀秋が、開戦後東軍に寝返り、１万５０００の兵で吉継の部隊に攻撃を仕掛けてきた。

病気のため、痛々しくも輿に乗って陣頭指揮する吉継であったが、小早川の大軍を数度にわたって押し返した。しかし、脇坂安治らさらなる味方の裏切りに遭い、ついに吉継の部隊は壊滅し吉継も自刃したのだった。

悲嘆にくれる信繁に対して、娘の宇津姫はむしろ気丈だった。

「父は根っからの武士でした。運は味方しませんでしたが、天下分け目の戦いで思う存分戦えて本望だったと思います」

悲しみを押し殺しそう言ってのける宇津姫が、我が妻ながら信繁にはいじらしいというより、逞しく感じられた。

嫉妬

昌幸・信繁の高野山への配流には、池田綱重（つなしげ）、青柳清庵（あおやぎせいあん）、高梨内記ら16名の家臣（お伴衆）が従った。しかし、大坂から戻っていた昌幸の正室・山之手殿は、上田城に残ることを望んだ。沼田領に加え上田領を宛がわれた信之は、父に代わって上田城主となった。上田城に残れば、山之手殿はこれまで通り、何不自由のない生活が約束される。そんなことで、彼女は妻の座よりも母の座を選んだのであろうか。

信繁は母の決断に少なからず驚いたが、昌幸はあたかも想定内のごとく、顔色一つ変えなかった。あるいは、昌幸が言ったように、山之手殿はかつての恋人の面影を信之に見、それがために信之のそばを離れたくなかったのかもしれない。

一方、信繁の妻子は上田に留まる事は許されなかった。正室である宇津姫と側室の真知姫が、高野山行きに従った。同じく側室の高梨内記の娘は、前の年に流行り病で命を落としていた。地味で特に取り柄のない妻であったが、信繁は思いのほか彼女の死が身に応えた。自分のところに嫁いで果たして幸せだったか、自分は彼女に十分な愛情を注いでやれたか、そんなことが妙に気になってしょうがなかった。

同行した信繁の子供たちは、宇津姫の産んだ四女・あぐり（3歳）と、内記の娘が産んだ二女・市（9歳）、三女・梅（7歳）の3人であった。信繁が最初に情を交わしたあずさが、堀田作兵衛の養女となって産んだ長女・菊は、すでに信濃国小県郡（ちいさがた）の郷士・石合十蔵（いしあいじゅうぞう）の元に嫁いでいたため、配流は免れた。

慶長5年(1600)12月13日、昌幸・信繁の一行は上田城を出発、幼子を連れての移動であったため、高野山に到着したのは年が明けてからであった。真田家と縁の深い蓮華定院の計らいで、一行の居住地は高野山の麓の九度山(和歌山県九度山町)に決定した。この時、昌幸は55歳、信繁は35歳になっていた。

九度山で昌幸と信繁は別々に屋敷を建てた。家臣たちにもそれぞれに住まいが必要だった。九度山での建築費や生活費は、今や9万5000石の大名となった信之からの合力金が頼りだった。しかし、それにも限りがある。

信繁は家計の足しにと、家臣らと釣りをしたり、田畑を耕したりした。また妻子や侍女らと着衣・荷造り用の紐、いわゆる「真田紐」の作製にも従事したが、それほど真剣に取り組んだ訳ではないので、手持ち無沙汰に時を過ごすことが多かった。今まで信繁は、無聊がこれほど苦しいものとは思いもしなかった。それは昌幸にしても同じであったろう。

昌幸は九度山に来た当初は、何かの折の恩赦で上田へ返されることを期待していたようである。しかし、徐々にその希望も失せていった。50も半ばを過ぎた身には、先の見えない蟄居生活はかなりつらいものであったに違いない。

「家康にこそ、このような目に遭わせたかったものを」

嫉妬

昌幸がそう漏らすのを信繁は何度か聞いた。

信繁自身は、月日が流れるにつれ、諦めというより慣れを感じるようになった。金はなかったが時間だけはあった。昌幸と違って30代半ばの信繁はまだ壮年といってよい。正室の宇津姫は24歳の女ざかりである。そうするとやることは決まっている。九度山に入って2年後、2人の間に男子が生まれた。長男・大助である。

5人目にしてようやく授かった男子であったが、信繁は怏々として楽しまなかった。こんな蟄居の身では、この子に武士としての華々しい舞台を用意してやることなど望むべくもなかった。

*

大助が生まれた頃から、信繁の目に真知姫が眩しく映るようになった。真知姫は19歳になっていた。彼女とは九度山に来て以降、屋敷内で顔を合わせても、ほとんど言葉を交わすことはなかった。側室とは名ばかりで、他家の娘を預かっているようなものであった。

しかし、女は19ともなると、持って生まれた美貌に磨きがかかってくる。しかも、生い立ちから来るのであろう、愁いのある物腰にある種の色気が加わって、信繁の気を引かずにはおかなかった。

ある日、珍しく真知姫が信繁の住まう母屋へやってきた（女子供たちの住まいは別棟にあった）。

「あの、実はお頼みしたいことがございます」

真知姫は、信繁のことを殿とも上様とも呼ばなかった。

「ほう、なんじゃ頼みごととは？」

信繁は、これまで腫物に触れるように扱っていた真知姫が、自分の方から頼ってきてくれたことが嬉しかった。

「私、父上が最期を迎えられた場所を見てみとうございます」

そう言えば、真知姫の父・豊臣秀次公は秀吉の勘気に触れ、高野山に蟄居されたのち、切腹を命じられたのであった。

「そうか、秀次殿はこの地で亡くなられたのであったな」

信繁は、今までそのことに思い至らなかったことを、彼女に対して申し訳なく思った。

「ここへ参ってから、その機会を探しておりましたが、先だって蓮華定院の御住職に、父上が切腹したのは青巌寺（現金剛峯寺）だったと伺いました。それで、是非そこへお参りしたいと思い立ったのです。父上は悪逆人ということで、墓を設けることさえ許されませんでした。でも父上は決して、そのようなお人ではございません。私には優しい優しい

嫉妬

父でございました」

そう言うと、真知姫ははらはらと涙を流した。信繁は真知姫と出会ってから初めて彼女の涙を見たような気がした。

「そなたの気持はよう分かる。しかし、高野山は女人禁制であるからな」

高野山は古くから結界（けっかい）の聖地であり、女は立ち入ることが禁じられていた。

「私、父の弔（とむら）いができなければ、死んでも死に切れません。処刑された母君のためにも、是非、やり遂げとうございます。かようなこと、あなた様におすがりするほかありません。何卒、何卒、お願い申し上げます」

真知姫は、額を畳に擦りつけるようにして懇願（こんがん）した。「あなた様」という他人行儀な言い方が気にはなったが、信繁は何とか彼女の願いをきいてやろうと思った。

こんな時一番頼りになるのは、以前京で真知姫を助け出す時に力を借りた真田忍者・割田重勝であったが、彼は信繁らが九度山に流されると、故郷の上野国に帰ってしまって音信不通になっていた。仕方なく信繁は、青柳清庵（あおやぎせいあん）を呼んで相談した。清庵は九度山に随行した家臣の中では長老格、少し頼りないがそれなりの案を出してくれるのでは、と期待したのである。

「清庵、何かいい方法はないか?」

「訳もないことでございます。真知姫様に男装してもらえばよろしいのです」

清庵はいとも簡単に言ってのけた。

「男装ねえ。うまくいくかな」

清庵から出てくる策としては、この当たりが限界かと思いつつ、信繁は疑念を呈した。

「殿、真田忍びの秘術を侮(あなど)ってもらっては困ります」

そう断言する清庵に信繁は、

「ではよろしく頼む」とひとまず頭を下げたのであった。

そして、数日後の朝……信繁のもとを訪れた清庵は、1人の世にも秀麗な青年武士を連れていた。

「こ、これは」

信繁は思わず声を詰まらせた。

「如何にも。真知姫様にございます」

清庵はどうだと言わんばかりに胸を張った。

目の前にいる真知姫は、どう見ても名家の若武者の趣である。

「素晴らしい！　素晴らしいぞ、清庵」

「何の、これが真田忍び自慢の変身術にございます」

嫉妬

信繁は清庵を疑った自分を恥じる思いだった。戸口から外を見上げると、雲一つない抜けるような秋の青空であった。「善は急げ」である。信繁はすぐに準備をすると、真知姫を連れて青巌寺に向けて出発した。できるだけ目立たないように、伴も付けず、馬も駕籠も使わない、2人だけの道行となった。

蟄居宅を出発した2人は、紀ノ川に沿って東進し、慈尊院から町石道に入った。町石道は、1町（約109メートル）ごとに目印の石柱が立てられていることからそう呼ばれていた。慈尊院から高野山の根本大塔まで180町あるので、およそ20キロの行程である。

道中、真知姫はほとんど口を利かなかった。16、7町行った辺りから、右手前方に、大きく蛇行する紀ノ川や吉野、大峯の連山が展望できるようになり、その美しさに信繁は思わず目を見張ったが、彼女はただうつむき加減に黙々と歩を進めるばかりであった。

陽が西に少し傾いた頃、2人は大門をくぐり高野山の寺域に入った。大門には門衛が1人いて女人の入山を監視しているようであったが、2人は何ら怪しまれることなくそこを通り過ぎることができた。

高野山伽藍のシンボルともいうべき根本大塔に拝礼すると、休むことなく目的の青巌寺（現金剛峯寺）に向かった。驚いたことに青巌寺では、高野山第一の高僧・文殊院勢誉の出迎えを受けた。何処かから、信繁が高野山に上がったと言う情報が伝わったのだろう。

真田父子の蟄居跡に建てられた善名称院（真田庵）（和歌山県伊都郡九度山町九度山）

嫉妬

九度山に入って2年がたち、信繁の行動の自由はある程度容認されるようになっていた。しかし、監視の目はそれなりに利いていて、家康と近しい勢誉も「監視の目」の一つだったのかもしれない。

「これはこれは真田殿。今日はまたどのような御用事で?」

勢誉の挨拶には、どこか慇懃無礼な色があった。信繁はすでに彼とは面識があったので、すかさず偽の入山目的を説明した。

「実は、信濃から知り合いの子弟がはるばる訪ねてくれましてな。折角なので、高野山へ案内しようと連れて参った次第です」

信繁は、武者姿の真知姫のほうに目を遣った。

「そうですか。ではゆっくりと山内を御覧ください。私はこれから所用があるため失礼いたしますが」

勢誉がそう言った時、信繁は咄嗟に思いついて彼に質問した。

「あ、和尚。豊臣秀次殿が亡くなられたのはどちらの部屋でございましたか」

勢誉は変なことを聞くなというような顔をして、真知姫のほうに目を向けた。彼は何かを感づいたように信繁には見えた。

「もう7年になりますかな。あの時は我が師・木食応其上人が何とか取り成そうと努めましたが、果たせませんでした。秀次殿が亡くなられたのは柳の間でございます。あとでそこへ茶を運ばせましょう」

そう言い残すと、勢誉は足早にその場を立ち去った。彼が口にした木食応其とは、穀物を断って木の実などを食する木食の行を行ったことで有名な高僧であった。

高野山で出家する前は近江の佐々木氏に仕える武士であり、その頃から秀吉と懇意であったため、天正13年（１５８５）に秀吉が高野攻めを行おうとした時にはそれを思い留まらせている。だが、秀次の事件では秀吉の怒りを鎮めることができなかった。その後応其は、関ヶ原の合戦で豊臣方に付いたと疑われ、近江国の飯道寺に隠棲したとされる。

信繁と真知姫は、寺の修業僧に柳の間へ案内された。12畳の広さで、三方の襖には部屋名の通り柳の墨画が描かれており、その静寂な雰囲気からはとても人が切腹したような凄惨さを感じ取ることはできなかった。

真知姫は、差し出された座布団に座ると、手を合わせ目を閉じて瞑想する風であった。長い間彼女はそうしていた。信繁は黙って彼女を見守った。おそらくは、亡き父と心の中で会話をしているのだろうと信繁は思った。

随分と時間が経ってから、茶が運ばれてきた。真知姫は目を開け、２人は茶をよばれるとすぐに席を立ち、寺を辞した。

嫉妬

もと来た町石道を下りながら、相変わらず2人は黙ったままであった。途中、丹生都比売（にふつひめ）神社に立ち寄ったところで、日が暮れた。近くに宿坊を見つけた信繁は、今宵はそこへ投宿することにした。

2人は玄関先の土間で足濯（あしすす）ぎをし、しばし一服したあと、6畳ほどの狭い一室に案内された。部屋にはすでに蒲団が2つ並んで敷かれている。宿坊の主人は、武士の2人連れと思ったに違いない。信繁は年甲斐もなく少し戸惑った。

「殿、今日は本当にありがとうございました」

真知姫は両手を付いて頭を下げた。

「どうじゃ、少しは気が済んだか」

「はい、やっと父の菩提（ぼだい）を弔（とむら）えたような気がいたします」

真知姫は満足そうに言ってから、部屋の中をゆっくりと見回した。

「殿と同じ部屋で眠るのは初めてでござます」

真知姫がそう言った時、信繁の心は決まっていた。そっと真知姫を引き寄せると、彼女は何の抵抗もなく信繁の肩にしなだれかかった。武士にはありようもない甘い香りが信繁の鼻を突いた。

上気して頬を桜色に染めた真知姫の武者姿は、信繁がこれまでに経験したことのないような倒錯した快感を催させた。一瞬、信繁は上杉景勝の気持ちが分かったような気がしたが、すぐに次の行為におぼれていった。

その夜を境に信繁は真知姫と関係を持つようになった。真知姫の住まいは、正室・宇津姫と子供たちが暮らす建屋と棟続きであったので、信繁は宇津姫の目を盗んで、真知姫に逢いに通わなければならなかった。

真知姫は信繁のれっきとした側室なのだから、別にこそこそする必要は無いのだが、彼はできれば宇津姫に真知姫との逢瀬を知られたくなかった。きっと、煩わしいことになるに違いないと予想したからだ。

しかし、ほどなく真知姫は懐妊した。当然のことながら、すぐに宇津姫の知るところとなる。信繁は宇津姫にどう説明すべきか頭を悩ませた。案の定、ある日、信繁は宇津姫のねちっこい詰問を受けることになった。

「殿、以前お約束いたしましたね」

「はて、何でござったかな」

信繁は宇津姫が何を持ち出してきたのか、大体の察しはついたが、わざととぼけて言った。

「殿に嫁いだ日、今日からは私だけにしてくださると」

「ああ、そうであったな。しかし、あれは内記の娘とのことでは？」

「何を申されます！『私だけ』と言えば、私以外のすべての女子を御寵愛（ごちょうあい）なされない、ということでございます。すでに嫡男・大助も生まれております。この上側室に子を産ませる必要もございますまい。お望みなら、また私が男子を産んで見せましょう」

宇津姫は取り乱すことなく、冷静に理詰めで信繁を攻めてきた。嫉妬深（しっとぶか）い女は多いというが、宇津姫のようなタイプは珍しかった。対抗するのが難しかった。まだ泣き叫ばれたほうがましだ、と信繁は思った。

かつて太閤秀吉が、側室は少ないとお互い嫉妬するが、多ければそういうこともなくなるとうそぶいていたことが、ふと信繁の頭に蘇（よみがえ）ってきた。結局信繁は、10年前と同じ約束を再び宇津姫にさせられたのであった。

*

慶長９年（１６０４）夏、真知姫は信繁の五女・なおを産んだ。母親に似て二重の愛らしい目をしていた。信繁は宇津姫の手前、なおを腕に抱くことはほとんどなかった。逆にこの後数年にわたって、宇津姫は真知姫に当てつけるように、信繁の子供を産み続ける。慶長10年（１６０５）に六女・菖蒲、同13年（１６０８）に七女・かね、そして、同17年（１６１２）には二男・大八といった具合である。

七女・かねが生まれた時、昌幸は、信繁を呼んでこう意見したものである。

「信繁や、夫婦仲がよいのは結構なことだが、ほどほどにせんとな。これ以上食い扶持が増えれば、屋台骨がくずれるやもしれぬ」

九度山の生活も9年目となり、頼みの信之からの資金援助も、年とともに途絶えがちであった。家臣も含めた真田の大所帯を切り盛りするのは並大抵のことではなかったのだ。昌幸はこの頃、沼田の信之に再三金や酒を無心する手紙を送っている。

ともあれ、子沢山の真田家は、今で言う保育園のような状況になった。侍女と共に幼児たちの面倒を見たのは信繁の二女・市だった。しっかり者の市は、宇津姫の子も真知姫の子も分け隔てなく、読み書きやしつけを施した。およそ市がいなければ、真田家の子育てはまともには進まなかっただろう。

その市が流行り病に罹ったのは、慶長15年（1610）春のことである。咳が止まらず、床に就いてからわずか旬日を出ずして、彼女は息を引き取った。まだ19だった。

信繁は悲しみに打ちひしがれた。女として年頃になっても、父が蟄居生活のため縁談の一つも用意してやることができなかった。自分の不甲斐なさがやりきれなかった。祖父・昌幸の嘆き様も一通りではなかった。母方の祖父である高梨内記は、当主に気兼ねしてであろう、悲しみを心のうちに押し殺している風であった。

市の死後ほどなくして、高遠藩（長野県伊那市）藩主・保科正光の正室となっていた昌幸の四女（高遠殿）が、40歳の若さで亡くなったという知らせが届いた。相次ぐ肉親の死に、昌幸はいよいよ心身ともに弱っていった。そして、自分の死期が近いことを悟ったのだろう、ある日、信繁を枕元に呼ぶと遺言を語り始めた。

「信繁、よく聞け。3年のうちには、天下を二分する戦いがまた起こる。家康に復讐する最後の機会だ。わしはもう長くはない。後はお前に託すしかない」

「父上、そのような気弱なことを申されますな。一度母上に来ていただきましょうか。さすれば、元気も回復いたしましょう」

「莫迦を言え、山之手とはもう10年以上も顔を合わせておらんのだぞ。今さら会って何とする。それに、信之も山之手もいずれまた敵に回さねばならん時が来る。だから会わんほうがよいのだ」

「しかし……」

「そんな気遣いは無用じゃ。それより、わしの遺志を継いでほしい。必ず家康の首を取れ」

昌幸は力を絞り出すようにして言った。それから、家康を攻めるための極意をとぎれとぎれ信繁に伝授していった。そして、最後に、

「お前にわしほどの名があれば、人を動かしやすいのだが……」と心残り気につぶやい

たのだった。

天下を二分する戦いとは、もとより徳川家対豊臣家の合戦を意味するのだが、そんなことが実際に起ころうとは信繁には信じがたかった。慶長16年（１６１１）6月4日、稀代の智将・真田昌幸はその波乱に満ちた生涯を終えた。65歳だった。

昌幸の葬儀について如何にすべきか、信之は家康の家臣・本多正信に相談し、その結果、葬儀は幕府の許可を得たうえでごく質素に行われた。昌幸の遺体は、家臣の河野清右衛門らによって荼毘に付され、遺骨は1周忌を待って上田に運ばれ、真田家の菩提寺である長谷寺に納骨された。

その頃から、母・山之手殿の体調がすぐれないことを、信繁は兄・信之からの手紙で知った。意外にも、昌幸の死に立ち会えなかったことを、彼女はずいぶん気に病んでいたという。信繁は、謎に包まれた母の過去について不審の念を持ち続けていたが、彼女とて、長年連れ添い、家族を守るため数々の試練に共に立ち向った夫・昌幸に対し、やはり愛情といってもいいものを抱いていたのだろう。

信繁はもう一度母に会って、素直な気持ちで向き合いたかった。思う存分甘えてみたかった。しかし、その機会はついに訪れず、慶長18年（１６１３）6月3日、山之手殿は昌幸の後を追うように、昌幸と同じ享年の65歳で世を去った。

嫉妬

昌幸の死に伴い、九度山に付き従ってきた16名の家臣のうち、高梨内記と青柳清庵を除いて、他の者はすべて上田に帰っていった。九度山は一度に寂しくなったが、翌年めでたいことが起こった。宇津姫が二男・大八を産んだのだ。

一家は皆、昌幸の生まれ変わりだと言って喜んだ。大助と大八、2人の男子を得て信繁は満足だった。宇津姫はすでに34歳となり、信繁は、もはや彼女と子供をつくることはないだろうと思った。

もっとも、信繁が寝所を共にしていたのは宇津姫だけではない。真知姫との関係も続けていた。宇津姫との約束が頭に引っかかってはいたが、一度できた関係はそう簡単に絶てるものではなかった。信繁にとって、今や中年の宇津姫と20代前半の真知姫とでは、寝所を共にした時の満足度に格段の差があったのだ。

将軍落胤が妹の嫁ぎ先の養子に

昌幸の死は他家へ嫁いでいる彼の娘たちにも知らされた（信繁には、１人の姉と腹違いを含めて６人の妹がいたとされる）。

昌幸の五女は、滝川一積の妻となっていた。五女は初め、宇田河内守頼次（石田刑部少輔）に嫁いだが、頼次が慶長５年（１６００）の「佐和山城の戦い」で戦死したため、その後一積と再婚したのであった。

佐和山城の戦いとは、関ヶ原の合戦の直後、勝利した徳川家康が石田三成の所領である近江国の佐和山城（滋賀県彦根市）に攻撃をしかけたことによって、籠城兵との間で行われた壮絶な攻防戦である。頼次は、自分の妹が石田三成の妻であったことから、城側の武将として戦い、落城とともに命を落としたのであった。

ちなみに、昌幸が犬伏の談合の際、三成方に付くことを決意したのは、五女の婚姻を通

じて三成と姻戚関係にあったからだとも言われる。

一方、一積は織田信長の家臣・滝川一益の孫であった。一益は織田四天王の１人と称された名将で、信長の甲州征伐では信濃国への攻撃において中心的役割を果たした。武田家滅亡後、信長から真田家の旧領を宛がわれており、その頃からの縁で、一積と未亡人となっていた昌幸の五女との結婚話が持ち上がったのだろう。

慶長18年（１６１３）正月、滝川家から信繁（幸村）の四女・あぐりに縁談が持ちかけられた。一積は関ヶ原の合戦後、家康の元で１０００石を拝領していたが、昌幸の死の知らせがきっかけとなって、信繁の妹である妻から信繁の娘の結婚を頼まれ、一肌脱いだに違いなかった。

相手は、かつて蒲生氏郷の重臣であり、今は陸奥国三春城（福島県三春町）の城主を務める蒲生郷喜であった。蒲生氏郷といえば、生前秀吉の覚えめでたく、会津の黒川城（鶴ヶ城）を領した92万石の大大名であった。氏郷の死後、徳川の時代となっても郷喜は４万５０００石を領する一城の主であり、結婚相手としては申し分が無かった。

あぐりはこの時16歳。三女・梅は19歳になっていたが、あぐりのほうが指名されたのは、母が信繁の正妻で、しかも大谷吉継という名のある武将の娘であったからに違いない。

もっとも、郷喜側は信繁がいまだ蟄居中ということで初めは二の足を踏んだようだ。そこで、一積があぐりを自分の養女にすると申し出ると、郷喜側もようやく納得し話はまとまった。

はるか陸奥国へ嫁ぐため九度山を出発する日、あぐりは不安で泣きそうな面持ちであったが、信繁としては肩の荷を下ろした思いであった。相手の家格と財産を考えれば、これほどの良縁はなかった。たぶん、宇津姫も同じ気持ちであったろう。

逆賊の娘を娶ってくれる大名などそうそう見つかりはしない。実際、のちに滝川一積は、信繁の娘を養女にして嫁がせたことで咎めを受け、改易されてしまう。郷喜も後年浪人になったとされ、あぐりも行方知れずになるのだが、もちろんこの時点では、信繁も宇津姫も知る由のないことであった。

*

あぐりが嫁いで半年ほど経ったある夏の暑い日、九度山の信繁のところに、紀州藩主・浅野幸長から呼び出しがかかった。藩主から声がかかるなど、九度山へ来て14年目にして初めてのことであった。もっとも、信繁は幸長と面識がなかったわけではない。朝鮮の役の際、名護屋城で一度、何かの会議において顔を合わせたことがあった。

信繁よりは10歳ほど年下で、当時はまだ二十歳そこそこであったが、朝鮮の役では半島

に渡り「蔚山倭（うるさんわ）城の戦い」などで活躍した。秀吉の死後は、武断派として石田三成らと対立し、関ヶ原の合戦では家康側に付いたため、戦後紀伊国和歌山37万6000石を与えられ、初代紀州藩主に収まっていた。

藩主がいったい何用か。ひょっとしたら恩赦でもあるのではないか。信繁は密かに期待を抱きながら、和歌山城（和歌山市一番丁）へ向かった。

「信繁殿、わざわざお出向きいただき、大義にございまする」

幸長は、一蟄居人である信繁に対し、藩主とは思えぬ丁寧な挨拶をした。

「藩主様が、それがしのような者にどのような御用向きが?」

「うむ、実はあるやんごとなきお方が、そなたにお会いしたいと申しておられる」

「はぁ、で、いったいどなたが」

信繁は、まだ恩赦の可能性はあると思って聞き返した。

「御台所（みだいどころ）様じゃ」

「御台所様?」

「左様、将軍秀忠殿の御令室、お江（ごう）様じゃ。昨日よりお忍びで和歌山城に参っておられる」

信繁にとってまったく意外な名が幸長の口から出た。江は2番目の夫・羽柴（豊臣）秀勝と死別したあと、文禄4年（1595）に徳川家康の三男・秀忠と3度目の結婚をしていた。当時、秀吉の異父妹で、家康に嫁いでいた旭姫が病死したため、家康との関係を維持する必要から、秀吉が仕組んだ政略結婚であった。

それから5年後、関ヶ原の合戦で家康は勝利を得、征夷大将軍に任じられて江戸幕府を開く。その後秀忠が家督を継いで第2代将軍の座に就き、今や江は御台所と呼ばれる高貴な身分に収まっているのである。この間の江を取り巻く状況の激変は、信繁も目を見張るばかりだったが、何より江自身、予想だにしなかったことだろう。

「お江様……。お江様がどうしてそれがしに」

「それは、私にも申されぬ。そなたに直に会って話したいと。これからこの部屋にお通しするから、じっくり話を聞くがよかろう」

そう言って、幸長は部屋を出ようとした。

「幸長殿は同席してもらえぬのか?」

信繁は、お江と2人だけで会うのが何か恐ろしいような気がして、幸長を引き留めた。

しかし、幸長はつれなかった。

「私は控えよとの命である」と言って、気の毒そうに薄笑みを浮かべながら部屋を出ていった。

しばらくして襖が開き、長い着物の裾を引きずりながらお江が入って来た。信繁は、

大坂城での人質時代から数えて20年ぶりに江と対面した。すでに40歳となり、今や第2代将軍の正室である江は、見違えるほど太り、すっかり貫録(かんろく)を備えていた。

「お江様、否御台所様にはお変わりなく、お元気そうで何よりです」

かつて、軽口(かるくち)を叩(たた)き合った相手であったが、その後生じた大きな身分の開きが信繁をしてそう言わしめた。しかし、江の返答は恐ろしく事務的であった。

「苦しゅうない。挨拶は抜きにして、単刀直入に用件を申します」

「はっ」

「実は、将軍に落胤(らくいん)がおるようなのです」

「はあ？」

「何度も言わせないでください。将軍が他の女に子を生ませたと申しておるのです」

秀忠は正室・江との間に長男・竹千代(たけちよ)（のちの家光(いえみつ)）、二男・国松(くにまつ)（のちの忠長(ただなが)）をもうけていたが、静(しず)という女中に手を付け、その結果彼女は男子を出産した。秀忠は江より6つ年下であり、日頃から彼女に頭が上がらなかった。彼は江に気兼ねして、静を正式の側室とせず、男子に面会すらしなかった。男子は密かに穴山信君(のぶただ)（梅雪(ばいせつ)）の未亡人・見性院(けんしょういん)に預けられたが、それが江の耳に入ったのであった。

そうした経過のあらましを、江は信繁に説明したが、信繁は江がなぜお家の内情を自分などに打ち明けるのか理解できなかった。

「しかし、将軍ともなれば側室が何人かおられて当然でしょう」

「いえ」

「おられないのですか?」

常識的に考えて、信繁にはちょっと信じられないことだった。

「そういうことになっております」

「はあ、蟄居中のそれがしでさえ、1人おりますのに」

「えっ、それはちょっと贅沢すぎ……そんなことより、私にはその男子が徳川家の火種になるような気がしてならないのです」

江は一瞬少女の時分によく見せた悪戯っぽい表情になりかけたが、すぐに真顔に戻って言った。

「それはまた穏やかではありませんな」

「今、私と秀忠の間には男子が2人おります。跡取り問題で私は二男を推しているのですが、長男の乳母がそれを阻止しようと内府様(家康)に直訴する勢いです。この上、隠し子まで絡んでくるとどんな波乱が生じるか、悩ましくて夜も寝られません」

江は病弱な長男・竹千代より、聡明な二男・国松のほうを可愛がったため、竹千代の乳

2代将軍徳川秀忠が建設した知恩院三門（京都府京都市東山区林下町）

母である福（のちの春日局）と対立するようになっていたのである。

「御心痛、お察し申し上げます。で、それがしを呼ばれた訳は？」

信繁の問いに、江はとんでもない答えを平然と返してきた。

「そなたにその男子を亡き者にしてほしいのです」

「ちょ、ちょっとお待ちくだされ。それがしに人殺しをせよと」

信繁が目を丸くすると、

「何を今さら、かまととぶっておられます。謀略、機略で2度も徳川の軍を苦しめた真田家の武将が白々しい」と開き直ったように言った。

「戦で兵を殺めるのと、子供を殺すのとは訳が違いまする。どうしたのですか、お江様。昔のお江様はそのようなことを考えるお方ではなかった」

小谷城が落城したあと、江ら浅井家の三姉妹は命を長らえたが、長男・万福丸は秀吉によって首を刎ねられた上、串刺しにされて道にさらされた。当時乳飲み子だった江は、物心が付いてからその話を聞かされ、余りの残酷さに大泣きしたと、茶々が言っていたのを信繁は思い出したのだ。

「信繁殿。時の流れは女を変えてしまうものです。特に時の権力者の都合で3度も嫁がされた女などは……。むろん、報酬も考えております。内府様にお頼みして、恩赦を取り

計らうこともできましょう、どうです？」

信繁の顔にゆかんだ笑みが浮かんだ。笑いは次から次へと込み上げて来た。

「何がおかしいのです？」

江が怪訝(けげん)そうに聞く。

「2年前に亡くなった父のことを思いだしたのです」

「昌幸殿のことを？」

「父は死の床で、豊臣家と徳川家との間で戦が起こった時、家康殿とどう戦うべきかをそれがしに言い残しました。しかし、それがしはそんな戦が果たして起こるのか信じられない気持ちでした。それよりも、何とか恩赦に与(あずか)ってでも自由の身になることを願っておりました。けれど今、御台所様に交換条件のように恩赦をほのめかされますと、不思議なことに家康殿に頭を下げることなど、死んでもしたくないという思いが沸々(ふつふつ)と湧き上がってまいりました」

信繁は正直な心情を口にした。

「そなた、まだ豊臣家に恩義を感じておられるのですか」

「いえ、忠義のためではございませぬ。自分でもよくは分かりませぬが、何といいますか、家康殿と最後の男と男の戦いをしてみたくなったのです。きっと、父も同じ気持ちだったのではないでしょうか」

信繁の言葉を聞いて、今度は江のほうが薄ら笑いを浮かべた。

「信繁殿、お父上はさすが慧眼（けいがん）の持ち主でいらっしゃいます。ここだけの話、内府様は近く豊臣家に戦をしかけようとされています。自分の目の黒いうちに災いの根を絶っておこうということでしょう。ま、それだけ跡取りの秀忠が、内府様の目には頼りなく映っているのでしょうけれど。ともあれ、そうなれば豊臣家はひとたまりもなく滅んでしまうに違いありません。茶々姉には是非降伏するよう進言するつもりでおります。信繁殿はそれでも豊臣側に付くと申されますか？」

「それは、父の遺言を全うする、天が与え給うたよき機会でございましょう」

江は珍しいものでも見るように信繁から目を離さなかった。が、やがて、

「昔から、少し変わったところのある殿方と思っておりましたが、人間、年をとってもなかなか変わらないもののようですね」と言うと、穏やかな笑顔を見せた。

「恐れ入ります。今の御台所様のお顔も、昔に戻ったようでございます。どうか、めったなことはお考えなさいませぬよう」

信繁は深々と頭を下げた。

「信繁殿！」

突然、江は命令口調で叫んだ。

「はっ」

「今日の話は聞かなかったことにしてくだされ」

そうささやくと、江は頭を下げたままの信繁を置き去りにして、再び長い着物の裾を引きずりながら部屋を出ていったのであった。

＊

信繁は九度山の屋敷に帰ってから、念のため見性院（けんしょういん）に手紙を書いた。武田信玄の二女である見性院は、信繁が物心ついた頃にはすでに穴山信君（あなやまのぶただ）（梅雪（ばいせつ））のもとに嫁いでいたが、甲府の武田家へ里帰りした彼女と、何度か会ったことがあった。

会ったと言っても、向こうはずっと年上であるから、会話らしい会話を交わしたこともなかっただろうが、事が事だけに信繁は、敢えて彼女に宛てて筆を執ったのである。

ちなみに見性院の夫・信君は、武田氏の家臣であったが、信長の甲斐侵攻の際に家康と通じ、武田氏を滅亡に追いやった謀反人の1人であった。しかし、本能寺の変の際、彼は畿内にいたため家康らとともに東へ逃走するが、その途中一揆の襲撃を受けて自刃（じじん）した。

信君の死後、未亡人となった見性院は家康に保護され、江戸城北の丸で暮らすようになっていたのである。

信繁が見性院へ出した手紙の趣旨は、もとより秀忠の庶子（しょし）を早急に江戸から遠ざけるように、という忠告であった。庶子の安全のためであったが、一方で江の気持ちを考えて、彼女から庶子を遠ざけてあげたいという思いもあった。

ほどなく、見性院から返事が届き、信濃の辺りに何処か庶子の受け入れ先はないかと聞いてきた。信繁は、死んだ妹の嫁ぎ先であった保科正光（ほしなまさみつ）のところはどうかと思った。正光と妹の間には子がなかったからである。

その旨、信繁は返事を認めたが、それが生かされたのか、後年その庶子は保科家の養子に入った。この庶子こそ、長じて陸奥（むつ）国会津（あいづ）藩（福島県西部）23万石の初代藩主となる保科正之（まさゆき）である。

いざ大坂城

妻の後押しと茶々（淀殿）の歓迎

慶長19年（1614）10月初旬、信繁（幸村）の元に豊臣秀頼の使者が訪れ、大坂城への入城を要請した。江の言葉通り、また昌幸の予言通り、徳川家と豊臣家の関係がいよいよ悪化し、両者の戦いが必至の状態となったのである。

家康は、三男・秀忠を2代将軍に就けることには成功したが、徳川家の世襲制をさらに確固たるものとするため、豊臣家の追い落としの機会を探っていた。折から秀頼が再建した方広寺（京都市東山区）の鐘銘に「国家安康」「君臣豊楽」という文言を見つける。

これは、家康を分かち豊臣を栄えさせるという、徳川家を呪う言葉だと難癖をつけ、「秀頼が江戸に参勤するか、淀殿を人質に出すか、あるいは秀頼が国替えをして大坂を離れるか」という、豊臣家とっては到底承服しきれない要求を突き付けた。

秀頼がその要求を拒否すると、家康は近江から尾張にかけての諸大名に大坂城への出陣を命令。一方、そうした徳川方の動きを察知した秀頼も、豊臣恩顧（おんこ）の大名たちに参集を呼びかけたのである。しかし、秀頼の予想に反して大名たちの腰は重かった。

幽閉中の信繁のところにまで、要請文が届くぐらいだから、豊臣方は、これはと思われる武将には片端から呼びかけたに違いない。

秀頼は、当座の引き出物として黄金２００枚、銀30貫目を贈ると申し出た。貧しい蟄居生活を送ってきた信繁にとっては、途方もない金額である。これだけあれば、家族や家臣を連れて九度山を脱出し、大坂へ向かう経費を賄（まかな）って余りある。

しかし、ここで信繁は思案した。普通に考えれば、今回の戦での豊臣方の勝算は乏しい。自分や家臣はまだしも、家族まで命の危険にさらすことはいかがなものだろうか。それに、この九度山での生活は、貧しくて退屈なものであるが、国元の兄・信之の仕送りさえあれば、まあ平和な暮らしが続けられる。

出陣するとなれば、妻子を残していく訳にはいかない。彼らも一緒に大坂城へ入城することになる。信繁は正室・宇津姫に意見を聞いてみることにした。男と女の考えは自ずと違う。忠孝よりも家族への愛情を優先させることもあろう。ところが、宇津姫の答えは予想外のものだった。

「殿は、腐っても勇将・真田昌幸の息子、さらには大谷吉継の女婿（じょせい）ではありませんか。

何を迷うことがありましょう。秀頼様の求めに応じ、すぐに出陣されるべきです」

「しかしお前、戦に敗れれば、子供たちまで命が奪われかねんのだぞ」

「武家に生まれたからには、致し方ありませぬ」

宇津姫は平然と言ってのけた。

拍子抜けした信繁は、さらにこう念を押した。

「今回の要請を見送ったら、戦の結果次第では恩赦という道も開けてくる」

「今まで恩赦を期待しながら、何年経ったとお思いですか。私はもう我慢の限界です。この田舎暮らしから抜けられると思っただけで、浮き浮きいたします」

宇津姫の心はすでに、若き日を過ごした大坂の街に飛んでいるようであった。

「お前はそうかもしれんが、梅を除いて子供たちは皆九度山の生まれじゃ。外へ出たいという気もなかろう」

「それが、可哀相なのです。大坂も京も知らずこの地で朽ちていくと思うと、あの子たちが不憫で不憫でなりませぬ。これだけの支度金(したくきん)をいただければ、少しは美味(おい)しいものを食べさせ、ましなものも着せてやれるじゃないですか」

「しかし……」

「しかしも昔もございませぬ」

宇津姫はきっぱりそう言うと、

「戦じゃ、戦じゃ。忙しくなりますぞ」とぶつぶつつぶやきながら、そそくさと席を立っていった。

こうして信繁は、宇津姫に背中を押される形で秀頼の依頼を引き受けた。真知姫がどう思うかも気にはなったが、彼女に考えを聞くことはしなかった。真知姫にしてみれば、父・豊臣秀次と母・一の台を秀吉に殺された訳であるから、その子・秀頼に加担するのは我慢ならないかもしれない。

しかし、真知姫が拒絶したところで、彼女ひとりを九度山に残しては行けないのだ。幸いなことに、大坂行きの話を聞いても真知姫は、特段嫌そうな顔をしなかった。都生まれの彼女もまた、九度山での田舎暮らしに辟易（へきえき）していたのだろうか。

大坂行きの方針は決まったものの、いかにしてこの九度山を脱出するかが問題だった。

つい先頃、紀州藩主・浅野幸長が逝去し、幸長の弟・長晟（ながあきら）が後を継いで、第2代藩主の座に就いていた。信繁に好意的であった幸長と違い、堅物（かたぶつ）そうな長晟は信繁が不穏な動きを見せれば、高圧的に取り締まるに違いなかった。

しかし、嬉しいことに信繁一族の九度山脱出には、地元の地侍（じざむらい）や農民たちが全面的に協力してくれた。14年にわたる蟄居生活で、九度山における信繁の知己（ちき）・知友（ちゆう）は相当数に上っていた。お江の件以来、信繁は昌幸の遺言に沿って、彼らと共に家康討伐を想定した軍事訓練に勤しむことが多くなり（暇つぶし半分であったが）、信繁の気さくな性格も手伝って、地元に信繁のシンパが形成されていたのである。

　信繁が秀頼の呼びかけに応じて大坂城へ向かうことを知るや、彼らは我も我もと従軍を申し出、その数は40人に及んだ。彼らは、紀州藩の役人の目を盗むため、信繁一族が巡礼姿で脱出できるよう、万事取り仕切ってくれた。

　出発の日、信繁はこれまで世話になった感謝の気持ちから、地元の農民らを自邸に招いて酒宴を開いた。信繁らが出発したあと、事態を察知した浅野家の兵が信繁邸に押しかけ、飲み潰れた農民を捉まえて、信繁らの行方を聞くと、ずっと前にどこかへ出かけた、もう10里余は進んでいるだろうと言う。

　浅野家の兵は、今から追いかけても無駄だと諦めたが、実際にはその時、信繁らはまだ3里ほどしか進んでおらず、彼らは農民の嘘にまんまと騙されたのだった。難を逃れた信繁一行は、夜半紀ノ川を渡り、高野街道を北上して紀見峠を越え、河内国から大坂城を目指した。

＊

慶長19年（1614）10月10日、信繁は一族郎党を引き連れて大坂城に入った。付き従った家臣は、九度山を出発する時点では、高梨内記、青柳清庵と地元の農民・地侍たちだけであったが、道中どんどん従軍希望者が加わり、大坂城に到着する頃には150名ほどに膨らんでいた。

信繁の家族は、正室の宇津姫と側室の真知姫、それから子供が6人で、男子が大助（13歳）と大八（3歳）、女子は梅（21歳）、なお（11歳）、菖蒲（10歳）、かね（7歳）の4人であった。

15年ぶりに見る大坂城は、依然巨大で重厚で誇らしげであった。城内には全国から大勢の武士が続々と集まってきていた。その数はおよそ数万に達するかにみえた。しかし、その中に大名は一人もおらず、ほとんどが、関ヶ原の合戦後、失職して生活に困っていた、いわゆる「関ヶ原浪人」たちであった。

彼らは城内の大部屋に雑居していたが、信繁は武将扱いということで、三の丸に特別に屋敷が与えられ、一家で住むことが許された。

信繁は早速城内で開かれた軍議に参加した。会議を取り仕切るのは大野治長・治房・治胤の三兄弟に信長の弟・織田有楽。そして、今や21歳となった総大将の秀頼とその母・淀殿（茶々）も出席していた。

そこで、信繁には指揮官として5000人の兵が与えられることになった。嬉しかっ

たのは、故郷の上田からかつての家臣１３０名が馳せ参じて来てくれていたことだった。その中には、信繁の長女・菊の伯父で、彼女を育てた堀田作兵衛興重（おきしげ）もいた。彼は、菊の母・あずさを養女とした父の名「作兵衛」を襲名していたのであった。

軍議の席で、信繁は共に戦えそうな有能な武将たちに出会った。後藤又兵衛（ごとうまたべえ）、長宗我部（ちょうそかべ）盛親（もりちか）、明石全登（あかしたけのり）、毛利勝永（もうりかつなが）らである。いずれも、名だたる戦で武名を上げた歴戦の勇士たちであった。たとえ大名はおらずとも、彼らと力を合わせれば、相当な善戦ができるに違いないと信繁は思った。

軍議が終わったあと、信繁は意外にも茶々に声を掛けられ、1人別室に案内された。今、秀頼の母として厳しい立場に置かれた彼女の心痛は、想像を絶するものがあったろう。しかし、22年ぶりに見る茶々は、46歳という年齢にもかかわらず、相変わらず凛々（りり）しく、かつての美貌を保っていた。その点、昨年再会した彼女の妹・江（ごう）の変貌ぶりとは実に対照的であった。

信繁を見て茶々は言った。

「信繁様、お久しぶりですね」

「それがしのような者のことを覚えておいででしたか」

「もちろん。忘れる訳などありません」

紀ノ川の流れ（和歌山県伊都郡九度山町）

その意味するところを、信繁は計りかねた。

「お目にかかるのは名護屋城以来かと」

「九度山には何年蟄居（ちっきょ）されておられました?」

「丸14年でございます。御覧の通り、すっかり歳が行ってしまいました」

信繁はそう言ったが、実際彼は48歳という年齢以上に老けて見えた。昨年、九度山から姉の夫・小田山茂誠（しげのぶ）宛てに出した手紙の中で、信繁は自らの近況について、急に老け込み、歯は抜け髭も白く病人のような風体になったと書いたが、正にそれが彼の今の実像であった。

「14年も。関ヶ原で西軍が勝っておれば、そのような目に遭わずにすんだでしょうに」

茶々は信繁の外観にはふれずに、戦の不運を気の毒がった。

「それがしのことなどより、茶々様にとっては誠にお気の毒でございました。すっかり家康がいいように世の中を牛耳（ぎゅうじ）ってしまって、本来なら秀頼殿が天下をお治めになるべきところを」

その時、侍女が入ってきて、淀殿と信繁それぞれに茶を差し出すと、すぐにまた部屋を出ていった。茶々は、信繁に茶を勧めながら言った。

「上田での真田の活躍、私の耳にも入っておりました」

「恐れ入ります」

「徳川秀忠を翻弄する戦果、あっぱれでした。思わず信繁様の勇ましい顔が瞼に浮かびましたよ」

「まさか……」

「ふふふ、信繁様は相変わらず騙されやすい」

「また、そんなお戯れを」

冗談が言える余裕を彼女がまだ残していることを知って、信繁は少し安心した。

「勝敗は時の運といいますが、お互い不運でしたね。亡くなられた父上はさぞ悔しがられたことでしょう」

「確かに父は……。蟄居生活を嘆きながら、家康にこそこのような思いを味わわせたかった、と死ぬまで申しておりました」

「そうでしょうねえ。でもそなたがそれを成し遂げてくれると信じておられたのではないですか」

「おそらく期待はしていなかったでしょう。兄と違って不肖の息子ゆえ」

「相変わらず謙遜ぐせは直っていないようですね」

茶々は呆れたような表情を見せたあと、今度は真顔になって言った。

「信繁様、こたびの家康との戦に臨んで、秀頼の呼びかけに応じて多くの武将が名乗りを上げてくれましたが、その中にそなたの名前があるのを見て、私はどれほど心強く思ったことか。それをお伝えしたかったのです」

茶々の言葉はあながちお世辞とも言い切れないような気がして、信繁は少々面映ゆかった。

「勿体ないお言葉。それがしこそ、もはや九度山の露と消える命と諦めの境地でおりましたが、図らずも再び武士として戦える場を用意していただき、これほど有り難いことはございませぬ」

それは、偽りのない信繁の本心であった。

＊

「最近、よくあの頃のことを思いだします」

茶々は急にしんみりした口調で言った。

「え?」

「私と初とお江と3人でいつも信繁様をからかって、毎日がほんとうに楽しゅうございました」

茶々は、信繁が大坂城に人質として入っていた頃のことを言っているのであった。

「そういうこともございましたな」

信繁は、去年江に会ったと思わず口から出かかったが、先に茶々のほうが江のことに触れた。

「お江の娘の千姫が秀頼に嫁いでいるのは御存じですか？」

「はあ」

信繁は九度山に移ってほどない頃、風の頼りにそのことを聞いていた。何といっても調略で鳴らした真田家である。そうした情報は、何らかの形で九度山にも入ってきていたのである。

「豊臣と徳川の争いを絶つため、あの子は嫁いで来ましたが、それも無駄に終わってしまいました。不憫な子です」

今回大坂城に入ってから、信繁は、千姫が懐妊しないのは、淀殿が千姫を徳川の間諜（スパイ）と疑って、秀頼と同衾させないからだ、という噂を聞いたが、今の茶々の言い方からは千姫への愛情意外の何物も感じられなかった。

「今やお江と私は敵同士。お初は出家の身となり、何の因果か私たち三姉妹は、会って話をすることもままならぬ間柄になってしまいました」

そのことは信繁にとっても悲しい事実であった。あんなに仲の良かった三姉妹だったのに……信繁は運命の非情を呪わずにはいられなかった。

「きっと、また仲良く集われることもございましょう。かく言うそれがしも、兄・信之とは敵味方に分かれてしまっておりますが」

信繁の根拠のない気休めの言葉に、茶々は笑って、

「なんか、説得力に欠ける励ましですね」と返した。

それから、真顔に戻りしんみりとした口調で、

「本当は、そなたは来てくれぬものと諦めておりました」とつぶやいた。

「どうしてですか？」

「どうしてって、そなたはいつも我が道を行くという感じでしたから」

信繁は苦笑したが、

「それがし、こたびの大戦を生涯最大にして最後のものと心得ております」と決意を表明すると、

「そうですか、それは頼もしい」と茶々は微笑んだ。

「ところで、大坂城へは御家族も一緒にみえられたとか」

「は、恥ずかしながら妻と側室、それに6人の子供を連れてまいりました」

「まあ、よき御家族に恵まれておいでなのですね」

「いやあ、煩わしいことのほうが多うございます」

家族のことを問われて、信繁は思わず頭を掻いた。

茶々は、そんな信繁の「てれ」には反応を示すことなく、

「信繁様、本当にそなただけが頼りなのです。どうぞ、秀頼を見捨てないでやってください」再びそう言うと、静かに頭を下げた。

真田丸

甲斐姫の献策と初（常高院）の調停

信繁（幸村）が大坂城に入って3日後、大坂城内では再び軍議が行われ、いかに徳川軍を迎え撃つか、熱のこもった議論が交わされた。その席で信繁は、昌幸の遺言の通り、まずは城の外に出て交戦すべきだと主張したが、大野治長らに反対されて出撃案は却下（きゃっか）された。治長らは、大坂城の比類ない防御性を最大限活用するに如（し）くはないとし、はなから籠城戦が最善策という意見であった。

こうした軍議の展開も、いみじくも昌幸が遺言で指摘したとおりであった。昌幸は、お前にわしぐらいの知名度があれば、と言い残していた。信繁には軍議で自らの戦略案を通すだけの戦歴と名声に欠けていたのである。

ちなみに、真田が大坂城に入ったという報告を受けた家康は、「真田は親か子か」と尋ね、昌幸はすでに死去し、入城したのは信繁と知って、大いに安堵したという。

ともあれ、信繁は仕方なく、籠城の戦法についていろいろと頭を回転させた。考えるということを14年ぶりにしているようで、信繁はどこか浮き浮きとした気分であった。

彼は、自然の要害に乏しい城の南面に出丸を造ることを思いつき、次の軍議の場で提案した。大坂城は、北側を大和川と天満川、東側を平野川、西側を水堀で守られていたが、南側だけは開けた地形で、防御が手薄な状態になっていた。敵は南方から攻めて来るに違いなく、それを叩くのに出丸が有効だと信繁は考えたのだ。

奇しくも、後藤又兵衛もこれと同じ考えを持っていた。治長らは初めその案に難色を示したが、普段あまり口出ししない茶々が、信繁、又兵衛という戦巧者が、2人して献策しているのです、やらせてみようではないか、と口をはさみ、秀頼も賛同したため、その案の実行が決定した。

軍議のあと、信繁は又兵衛のところへ行き、別に場をもって2人で打ち合わせを行いたい旨伝えたが、又兵衛は笑ってこう言った。

「船頭2人では船も丘へ上がろうというものだ。ここは、信繁殿にお任せしよう。思い通りの出丸をお造りなされい」

「又兵衛殿……」

「お気遣いは御無用じゃ。相談事があれば何なりと申されよ」

真田丸

さすが又兵衛は、人間心理をよく心得ているようであった。

その後、出丸の設計を固めた信繁は、治長に頼んで多くの人足をあてがってもらい、昼夜を別たず出丸づくりに注力した。出丸は一月足らずで完成した。一重の塀を巡らせ、所々に矢倉、井楼を上げ、三方に空堀を設けた。この巨大な出丸を城内の者たちは「真田丸」と呼んだ。

真田丸が完成し、あとは徳川軍の攻撃を待つばかりになった。そんなある日、信繁はある麗人の訪問を受けた。その麗人を一目見て、信繁は、忍城主だった成田氏長の娘で、秀吉の側室となっていた甲斐姫だと分かった。

年は40ぐらいになっているはずであるが、顔立ちはきりりとしたままで、体型もいまだ細身である。ただ、服装だけが甲冑姿から上流武家の女のものに替わっていた。かつて、小田原征伐で忍城を攻めた時、一対一で刀を合わせた彼女と、信繁は24年ぶりに対面した。

「信繁様、私のことを覚えておいででしょうか」

「甲斐姫様でいらっしゃいますね」

信繁は即座に答えた。

「これは光栄にございます」

「命を奪われかけたのですから、忘れる訳がございません」

信繁が冗談めかして言うと、

「まあ」と言って微笑んだ彼女には、往年の女武士の面影はなかった。

「あのあと、しばらくして大坂城に入られたとは聞き及んでおりましたが」

「ええ、太閤様の側女として」

信繁はそれに関してどう答えていいか分からなかった。すると、甲斐姫は声色を変えて付け加えた。

「太閤様が亡くなってからというもの、この城の中でも大した仕事がなく、今は秀頼様の側室がお産みになった若君と姫君の面倒を見たりもしておりますが、どこか満たされない日々を送っておりました。こたび、この城で籠城戦が始まると聞いて、妙に体が疼いてまいりまして。信繁様が築かれた立派な出丸を拝見し、居ても立ってもおられず、こうしてお目にかかりに伺った次第です」

そう言って甲斐姫は目を輝かせた。

「それは、どうも」

「あの、信繁様に一つ申し上げたいことがございます」

「何でしょう」

「あの出丸、『真田丸』と申しましたか、確かに攻撃、防御両面において優れていると思

いますが、さらに強化する方策がございます」

信繁は、意外なことを聞く思いだった。しとやか然とした麗人が戦の献策をするというのである。しかし、すぐに思い直した。彼女はただの麗人ではない。身なりは変わっても、かつて彼女は、名だたる武将を悩ませた一騎当千の女武士であったのだから。

「ほう、それはどのようなものでしょう」

信繁は話の続きを促した。

「忍城の籠城戦での経験なのですが、あの時、城の周辺は深田に囲まれていて、寄せ手がそれに足を取られているところを、城側の鉄砲隊が一斉射撃を行って大いに戦果を上げることができました」

「そうでございましたな」

信繁自身も、深田に大いに悩まされた1人であった。

「それで、真田丸でも寄せ手の足を奪う対策が必要かと」

「一応空堀は設けておりますが」

「その空堀の機能をさらに強化するのです」

空堀の強化は、信繁にとって関心のあるテーマだった。

「どのようにして?」

「柵を設けるのです。しかも三重の柵を」

甲斐姫は、声を潜ませるようにして言った。籠城戦という言葉が、彼女の血を騒がせているようであった。

「なるほど、それはよき案かもしれない」

確かに三重の柵があれば、深田同様かそれ以上の防御効果があるに違いない。そう言えば、第1次上田合戦の際、城下の通りに千鳥掛けの柵を設け、敵の退散の足を鈍らせたと父・昌幸から聞かされたことがあった。甲斐姫の提案は、労少なくして大きい効果が期待でき、信繁はやってみる価値があると思った。

「わざわざ御献策いただきかたじけない。そこまでなさるのは、よほど豊臣家に恩義がおありなのですな」

信繁が礼のついでに聞くと、

「いいえ、恨みこそありませんが、さして恩義も感じておりません」

甲斐姫はあっさりと否定した。

「ではなぜ?」

「さあ、根っからの戦士ということでございましょうか……あなたと同じ」

甲斐姫は、挑発するような目で信繁を見遣った。

宰相山公園に立つ真田幸村（信繁）像（大阪府大阪市天王寺区玉造本町）

「何をおっしゃる。それがしなど、戦士というほどの働きをしたことはこれまで一度もございませぬ」

実際、戦士という点では、自分は甲斐姫の足元にも及ばないと信繁は思った。

「いいえ、あなたはやはり戦士だと思います。私にはそれが分かります。何せ刀を交えた仲ですからね」

甲斐姫は皮肉っぽく微笑んだ。

＊

信繁は早速甲斐姫の提案を受け入れ、空堀の手前、底、向こう側と三重の柵を設置するよう、担当の家来に指示をした。

11月半ばから続々と大坂に侵入してきた徳川軍は、総勢20万近くに及んだ。その中には、信繁の甥である真田信吉・信政兄弟や、かつて信繁が人質として身を預けた上杉景勝の軍勢も含まれていた。

木津川口、今福・鴫野、野田・福島で前哨戦が行われたあと、慶長19年（1614）12月4日、徳川軍は予想通り大坂城南面から攻撃を仕掛けてきた。その時、真田丸には信繁率いる兵をはじめ6000人が待機していた。

徳川方は、前田利常、松平忠直、井伊直孝、藤堂高虎らの軍勢が中心となり、次々と真田丸に攻め寄せたが、堀の三重の柵に阻まれ、身動きが取れなくなったところを、真田丸上の鉄砲隊に散々に討ち取られてしまった。甲斐姫の進言が正に功を奏したのである。やがて、真田丸から勝利の雄叫びが上がった。

真田丸の攻防戦は、豊臣方の圧倒的勝利に終わった。その夜、本丸で行われた軍議で、信繁は秀頼に対し、誇らしげに戦況報告を行った。秀頼から賞賛の言葉を賜ったが、それよりも、黙って息子の横に座っていた茶々が、人知れず優しい微笑みを自分に投げかけてくれたことのほうが信繁には嬉しかった。

それから1週間後の12月11日、真田丸の戦いで一躍名を上げた信繁に、家康が買収工作を仕掛けてきた。信繁の叔父・真田信尹を大坂城に遣わして、味方に付くなら、10万石を与えようと伝えたのだ。

信伊は、昌幸のすぐ下の弟で、信玄の命により若くして甲斐の加津野氏の養子に入り、武田氏滅亡後真田の姓に戻るが、その後家康の家臣となって、甲斐に４０００石を与えられ、今回の戦には徳川軍の御使番として従軍していた。信繁はこの叔父とこれまでじっくり話をしたことがなかった。

信伊は久方ぶりに会った信繁に久闊を叙することもなく、事務的に用件を述べた。信繁は信伊から伝えられた家康の申し出を、誰にも相談せず独断で拒否した。

局地戦で勝利を収めたとはいえ、徳川軍との戦力の差は歴然だった。やがて、形勢は徳川方に有利となっていくに違いない。そうであっても、命を賭けて共に戦った仲間や、自分を信じてくれる茶々、甲斐姫を裏切ることは信繁には到底できなかった。

信伊（のぶただ）は、そんな信繁を諫（いさ）めようともせず、そうか、と言って去って行った。ところが翌日、信伊は再び信繁の前に姿を現した。諦めきれない家康が、今度は報酬として信濃（しなの）1国を提示したという。信濃1国といえば、40万石以上に相当する。しかし、信繁はそれでも首を縦に振らなかった。もはや、信繁にとって金や領地は何の意味を持たないものになっていたのだ。

今回も信伊は、信繁に考えを直させようとはしなかったが、別れ際、わずかに笑みを浮かべながらこう言った。

「そなた、何処となく亡くなった兄上に似てきたな……」

*

信繁の買収は困難と悟った家康は、大坂城へ大砲の威嚇（いかく）射撃をしたうえで、和平交渉に持ち込む作戦に出た。交渉人として選ばれたのは、徳川方が家康の側室・阿茶（あちゃ）の局（つぼね）、豊臣方は茶々の妹・初であった。初は夫・京極高次の死後、落飾して常高院と称していた。
交渉は、初の義理の息子である京極忠高の陣所で行われることになったが、事前に初は豊臣方の意向を確認するため、大坂城を訪れた。その会議に信繁は出席しなかったが、会議後、信繁は茶々に呼ばれて別室で初と面会した。茶々は、ちょっと治長に話しておきたいことがあると言って部屋を出ていったので、後には信繁と初だけが残された。

「信繁様、お久しゅうございます」

尼僧姿の初を見て、信繁は初め別人かと思った。しかし、よく通る明るい声色とこぼれるような笑顔は、まぎれもなく初のものだった。

「京極高次殿に嫁がれて以来かと。30年近くになりますか」

これで信繁は、この2年のうちに浅井三姉妹のすべてと再会したことになった。彼は、3人の中で初に一番穏やかな印象を受けた。

「主人は5年前に亡くなりました」

「お気の毒なことでございました。高次殿は関ヶ原の合戦の時、確か大津城に籠っておられましたな」

大津城主となっていた京極高次は、石田三成が挙兵した際、一旦は西軍に付くと見せかけたが、家康が東国から引き返すと知るや、徳川支持を明言して大津城に籠城したのであった。

「ええ、私も一緒でした。あの時もこたびのように大砲がぼんぼん飛んできて、もはやこれまでと覚悟したものです」

大津城は西軍の毛利元康率いる1万5000の大軍に包囲され、大筒による砲撃を受けるが、高次はよく耐え忍んだ。ようやく開城したのは9月15日、すなわち関ヶ原の合戦当日の早朝であった。家康は、豊臣方の大軍を足止めして関ヶ原に参戦させなかった功により、戦後高次に若狭8万5000石を与えている。

「ちょうどその頃、それがしも上田城で籠城戦を戦っておりました」

そう言いながら、自分も敵の大軍を足止めさせた点では、高次と同じ働きをしたのだと思った。ただ、関ヶ原での勝ち負けが、片や8万5000石の大名、片や九度山の蟄居人と明暗を分けた。しかし、高次は47歳の若さで没し、自分はまだ露命を繋いでいる。信繁は、人生は最後の最後まで分からないものだとしみじみ感じた。

「ほんとにお互い、こうして生きて再会できるのが不思議なぐらいですね」

初の言葉に信繁は全く同感だった。

「こたびは、和睦交渉の大役、誠に御苦労に存じます」

信繁は改めて初の労をねぎらった。

「このようなお役目、本当は私には荷が重過ぎます。姉上がどうしても、と申すものですから」

「いや、御人徳というものでしょう」

実際、初のような温厚で物怖（ものお）じしない人柄は、こうした難しい交渉には適任に違いないと信繁は思った。

「まさか」と謙遜したあと、初は急に話題を変えた。

「信繁様、私と京極高次との縁談が持ち上がった時、あなたに御相談したことを覚えておいでですか?」

「はあ?」

信繁に思い当たることはなかった。

「もはや、この年ですから、告白してもバチは当たらないと思いますので申しますが、あの頃、私はあなたをお慕いしておりました」

初は信繁から目をそらさずに言った。

「あ、いや……」

突然、信繁の頭に蘇（よみがえ）るものがあった。30年前のある日、三姉妹から初の結婚相手についてどう思うか相談を受けたあと、茶々からそっと、初が自分を好いていると告げられ、動揺したことを。

「御存じだったのですね、お人が悪い。でも申し上げてすっきりしました。明日の交渉では最善を尽くします。仮に命を奪われても悔いはありませぬ」

そう言って、初はふっきれたような笑顔を見せた。

命懸けで父を支える三女・梅

阿茶の局と初による1回目の和平交渉は、話し合いが付かずに決裂した。しかし、続く2回目の交渉で、徳川方の「淀殿は人質に取らない。ただし、大坂城の外堀を埋める」という条件を豊臣方が呑み、ようやく和睦が成立し大坂冬の陣は終結した。

その報告を受けた会議で信繁（幸村）は、茶々がやれやれという表情を浮かべているのが、印象に残った。鉄の女のように呼ばれる彼女も、連日の大砲の轟音には、相当神経を痛めつけられていたに違いない。しかし、大坂城の安泰は長くは続かなかった。家康は和睦の条件をいとも簡単に反故にしてしまうのである。

停戦協定が成立した僅か3日後、家康は早くも外堀の埋め立てを全軍に命じた。20万の兵によって、瞬く間に埋め立ては完了する。真田丸の空堀ももちろん埋められた。ここまでは和睦の条件通りである。ところが、事態はそれだけでは収まらなかった。

徳川方はさらに内堀まで埋めにかかりだしたのだ。「約束が違う」と大坂方は抗議するが、結局は内堀の埋め立ては遂行(すいこう)され、大坂城は完全に裸城(はだかじろ)となってしまった。

こうなっては、もはや敵方の攻撃を防ぎようがない。次に家康が侵攻してくれば、その時が豊臣家の終末の時であり、信繁は自分も確実にそれに殉(じゅん)じることになるだろうと予感した。彼は、妻子を城外へ避難させることを決意する。

信繁が宇津姫を呼びそのことを伝えると、彼女は大きく首を左右に振った

「私を誰だとお思いです。大谷吉継の娘ですぞ。どうか殿と運命を共にさせてください」

しかし、信繁はそれを許さなかった。

「そなたなくして、誰が子供たちを立派に育て上げることができようか」と繰り返し言って、何とか宇津姫を説き伏せたのだった。

一方、真知姫は身体に異変を生じていた。彼女は悪阻(つわり)に悩まされていたのである。もちろん父親は信繁である。彼女の妊娠は、一行が大坂城に入ってから発覚した。

入城後、信繁は仕事に忙殺(ぼうさつ)されて真知姫を訪ねることなど全くできなかったから、彼女が身籠(みごも)った原因は、九度山時代のものである。信繁は宇津姫に釘(くぎ)を刺(さ)されて以降も、彼女の目を盗んで、たびたび真知姫との関係を続けていたのであった。真知姫が第1子・なおを産んでから、いつしか10年の歳月が流れていた。

真知姫の懐妊を宇津姫が知れば、また一悶着あるのではないかと信繁は恐れたが、意外なことに宇津姫は恬淡としたものだった。

「気づいてないとでもお思いでしたか」

恐る恐る事情を話した信繁に彼女は平然と言ってのけた。その時、信繁は改めて女の勘の鋭さと恐ろしさを思い知ったのであった。

信繁は、妻子の疎開について大野治長に相談してみた。治長は、京都に秀次の母・瑞龍院（秀吉の異母姉）がおられるので、真知姫となおはそこへ身を寄せるのがよろしかろうと言い、実際そのように取り計らってくれた。

問題は、宇津姫とその子供たちのほうであったが、信繁を慕って大坂城に入っていた九度山の地侍らのうち何人かが帰国することになり、彼らに託して当面九度山で匿ってもらうことになった。

意外なことに宇津姫は、まだ3歳の自分の息子・大八を真知姫に連れて行ってくれるように頼んだ。もし、九度山で敵方に見つかり、信繁の男子だと分かれば命の保証はない。その点、瑞龍院の元にいる限りは、家康もめったなことでは手が出せないだろう、との考えからだった。信繁もそれは道理だと思って賛同し、真知姫も快諾した。大八は、真知姫の侍女が面倒を見ることになった。

1月末の小雪の舞う寒い日の朝、真知姫は身重の体を押して、娘・なおと宇津姫の二男・大八を連れて京都へ向かった。事情を理解できない大八は、泣き叫ぶこともなく、宇津姫に向かって無邪気に手を振ったが、それが却って見る者の涙を誘った。

その翌日、宇津姫は六女・菖蒲と七女・かねを連れ、九度山の地侍とともに大坂城を後にした。こうして信繁は、6人の家族を送りだしたが、これが彼らとの最後の別れとなった。大坂城に残った信繁の親族は、長男・大助と三女・梅の2人だけだった。すでに元服した大助（幸昌）は致し方ないとして、信繁は梅にも城から脱出するよう勧めたが、彼女は決して首を縦に振ろうとはしなかった。

父・信繁も、信繁の家臣である祖父・高梨内記も、城と運命を共にしようとしていることが、22歳の梅には十分理解できていたのだろう。それを承知のうえで、彼女は母と姉を亡くした今、父と祖父に従うことが唯一の生きる道と考えたのかもしれない。

＊

その後しばらく、大坂城は平穏な日々が続いた。しかし、それはまさに嵐の前の静けさだった。この間、信繁は国元の縁者にいくつか書状を送っている。ある日、東軍の武将・小山田之知の家来を名乗る者が、信繁に面会に来た。堀の埋め立てが完了したので、陣が解かれ国元へ帰るが、何か故郷へ送る便りがあれば取り次ぐという。

小山田之知とは、信繁の姉・村松殿（千寿）の息子である（父親は小山田茂誠）。信繁は久しく会わない姉の顔を思い浮かべ、たまらなく懐かしい気持ちになった。彼は急いで姉宛ての書状を認めた。之知の家来が立ったまま、信繁が書き終わるのを待っているので、いささか筆が乱れたが、内容は次のようなものであった。

「一筆申し上げます。不慮のことで戦が始まり、我々はここへ参りました。奇怪なこととお思いでしょうが、まずまず戦も無事に済み、我々も死なずにおります。思いがけなく小山田家のお身内の訪問を受け、姉上にお目にかかりたい気持ちでいっぱいです。明日はどうなるか分かりませんが、今は何事も起こっていませんので、どうぞご安心ください」

また、家臣・堀田作兵衛興重宛てに彼の妹婿である石合十蔵から手紙が来たことがあったが、その中で十蔵は信繁の安否を作兵衛に尋ねていた。十蔵は信繁の長女・菊の夫であった。

この時も、信繁は懐かしさから自ら筆を執り、十蔵に書状を認めた。その文面は、

「我々父子のことを案じていただいて、誠にかたじけない。我々は籠城した以上、決死の覚悟でおりますので、この世で面談できることはもうありますまい。くれぐれも菊のこと、心に沿わぬところがありましても、お見捨てなきようお頼み申し上げます」といった

ものであった。

信繁は、菊の生母で自分にとって「最初の女」であったあずさの消息についても聞きたかったが、さすがにそこまで筆にすることは憚られた。

3月初旬、小山田茂誠・之知父子の使者が書状をもって訪ねて来た時には、その返書に「我々などは、もはや浮世に生きる者とは思わないでください」などと書き込み、すでに戦死の覚悟を固めていることを吐露したのであった。

家康は大坂城を裸城にしたあと、豊臣家をひねりつぶす機会を虎視眈々と狙っていた。3月半ばになって、大坂方の浪人が京都で放火しまくっているとの噂が流れ、家康に出陣の材料を与えた。

秀頼は家康に使者を送って、

「今回のことは我々の与り知らぬこと」と弁明するが、家康は秀頼の国替えか浪人の放逐か、どちらかを選べという和睦条件を提示する。豊臣側がそれを呑めるはずはなく、開戦は必至の事態となった。

信繁は、後藤又兵衛、毛利勝永らと頻繁に協議を行い、徳川迎撃の戦略を練った。内堀まで埋められ裸城となった大坂城で籠城戦はもはやできない。豊臣側としては、城外へ出向いての野外戦で勝機を見出すしかなかった。

影武者

しかし、5万の豊臣軍に対して徳川軍は15万に達しよう。総力戦では分が悪い。こうなれば、目指すは家康の首一つである。総大将を倒せば、勝敗の行方は分からなくなる。否、たとえ戦に敗れたとしても、家康の首をとることができれば、信繁は満足だった。それは、又兵衛や勝永にしても同じだったかもしれない。

信繁は、かつての主君・武田信玄や父・昌幸が影武者を使っていたことを思い出した。これまで、ほとんど無名だった信繁は、影武者を使っても意味が無かった。しかし、真田丸の攻防戦で信繁の武名は一躍上がった。影武者を使うことで敵方を攪乱させることが十分できるはずだ。

信繁は家臣の中から影武者の候補者を選んだ。そのことを何処で聞きつけたのか、梅が信繁のところへ来て、思わぬ申し出をした。

「父上、影武者を仕立てられるとか。私を是非その1人に加えていただけませんか」

「な、何を言う」

信繁は、これほど驚いたことはここ十年来無かったように思った。

「女のお前に影武者が務まると思うか」

信繁が一笑に付そうとすると、梅はそれを遮るように言った。

「この期に及んで、男も女もございません」

真田幸村(信繁)夫妻の墓がある龍安寺塔頭・大珠院(京都府京都市右京区龍安寺御陵ノ下町)

信繁は梅の目を見て、彼女が生半な気持でないことを悟った。性格は、娘たちの中でも一番地味だったが、言いだしたら聞かない頑固さを彼女は持っていた。

「文字どおり命がけの仕事だぞ」

「分かっております。でも、このまま城の中でじっとしているのは耐えられません。落城すれば、敵方の兵に辱めを受けることもありましょう。そうなるぐらいなら、いっそ潔く死を選びとうございます。私は武器は扱えませんが、乗馬の腕なら殿方にも負けはいたしませぬ」

確かに梅の乗馬の技は卓越しものがあった。祖父の高梨内記仕込みで、九度山では暇さえあれば、上田から送ってもらった黒鹿毛の馬を乗り回していた。女としては体格もがっちりしている。「赤備え」に変装すれば、遠目には女とは分からないだろう。敵陣の攪乱のみを目的とするなら、十分その役目を果たせるかもしれない、と信繁は思った。

「いいのだな」

信繁が念を押すと、梅は嬉しそうに、

「有り難き幸せ」と言って頭を下げた。

*

慶長20年（1615）5月5日、家康は大坂に向け二条城（京都市中京区）を出発した。この時、家康は東軍の武将たちに「三日の腰兵糧」で出陣せよ、と命じている。完全に大坂方を舐めきっていたのだろう。一方の信繁たちは捨身だった。もはや、失うものは何も無かった。

5月6日、国分村（大阪府柏原市）から攻め寄せる徳川軍を、豊臣方は後藤又兵衛、真田信繁、毛利勝永の部隊が道明寺付近（大阪府藤井寺市）で迎え撃った。しかしながら、濃い霧のため、信繁と勝永の部隊は現場へ向かうのに時間がかかり、両隊が到着した時にはすでに又兵衛は討ち死にしたあとであった。

信繁と勝永は3000の兵で、1万の伊達政宗の部隊と誉田付近（大阪府羽曳野市）で対峙する。そして、相手を十分に引き付けたうえで、一斉に槍を揃えて総攻撃に転じた。正に真田軍がこれまでから得意としてきた戦法である。伊達隊は大混乱に陥り、後退しはじめるが、後続の徳川軍は信繁の反撃を恐れて手をこまねいている。しばらく、小康状態が続いた後、大坂城から信繁のところへ撤退の命令が届いた。

信繁と勝永は悠然と退却を始めるが、敵方はやはり信繁を恐れて誰も追討しようとしない。その様子を見て、殿を務める信繁はこう豪語した。

「関東勢百万も候へ、男はひとりもなく候由……」

影武者

敵味方に信繁の武名をさらに高らしめる言葉だった。

翌5月7日、信繁は３５００の兵を率いて、家康が本陣を構える天王寺口（てんのうじぐち）（大阪市阿倍野区）に向かった。立ちはだかるのは松平忠直隊1万３０００である。信繁は、全軍の士気を上げるため、秀頼の出馬を切望していたが、直前で取りやめになったようだ。あるいは息子を溺愛（できあい）する茶々の反対にあったのかもしれない。もはや、決死の覚悟で家康の首を取るしかない、と信繁は思った。

信繁は息子の大助を呼び、大坂城の秀頼の元へ戻るよう命じた。信繁の兄・信之（のぶゆき）は今や家康の重臣であり、病気のため出陣していなかったが、彼の長男・信吉（のぶよし）と二男・信政（のぶまさ）が代わりに参陣していた（ちなみに信政の母は小松姫である）。だから、大坂城の秀頼や治長は自分を完全には信じ切っていないように感じられたのである。

最後の一戦を前に、信繁は大助を戻すことにより、自分に二心（にしん）がないことを示そうとしたのだった。大助は、父と共に討ち死にしたい旨を強く訴えたが、信繁が、秀頼公に面会して再度出馬を請うよう命じると、しぶしぶそれに従った。去ってゆく大助の後姿を目で追いながら、自分が二心無きことを示したかったのは、秀頼や治長ではなく茶々だったのではないか、という思いがふと信繁の頭をよぎった。

ともあれ、いよいよ信繁の親族はいなくなった、いや1人いた。梅である。彼女は7人の影武者の1人として所定の位置についているはずであった。

白熊の毛の付いた鹿の抱角の冑を被った信繁は、采配を高々と振り上げると、赤備えの配下に出陣の号令を掛けた。号令と同時に法螺貝が一帯に鳴り響く。

大坂の陣において、西軍真田隊は六文銭の軍旗を掲げ、かつて仕えた武田家の軍装に倣って、刀・槍・胴丸・手甲・脚絆などを赤一色に揃えていた。遠くから見ると、それは真赤に燃え立つ躑躅の花のようであったという。

真田隊は、浅野長晟が寝返ったという流言を振りまいたり、信繁の影武者を駆使したりしながら、松平の部隊に切り込んでいった。それが功を奏して敵方は混乱し始める。

信繁は家康本陣に迫った。一度、二度と突撃を繰り返したが、さすがに敵の抵抗も激しくなる。とその時、半町ばかり離れたところを、自分と同じ姿をした武将が、采配を高く掲げながら、馬を疾駆させているのを信繁は見た。

「梅!」

思わず信繁は叫んだ。健気にも梅が、自らおとりとなって敵勢を引き付けようとしているに違いなかった。

梅の思惑通り、多くの敵兵が彼女のほうへと流れていく。ふと、信繁の前に空間が生じた。信繁はその機を逃さず、近くにいた数名の兵と共に一気に敵陣に突入した。家康本陣

の「厭離穢土欣求浄土」の幟旗を踏み倒し、さらに数十間突き進んだところで、信繁ははっきりと家康の姿を見た。真田隊の猛攻に恐れをなした旗本衆は、家康を置き去りにして逃げ去り、年老いた家康が腰を抜かし、地べたに倒れ込んでいた。

5月8日、落城した大坂城へ入った伊達政宗の家臣・片倉小十郎重長は、城内で茫然と佇む1人の赤備えの武士を見つけた。真田隊の者に違いない。重長は6日に行われた道明寺の戦いで真田隊に手痛い敗北を喫していた。恨みを晴らす機会を得たと彼は思った。

近づいてみると、その武士は鹿の抱角の冑を被り、大将を思わせる装束だった。さては信繁？　しかし、信繁は昨日の天王寺口の戦いで戦死したと聞いたが……。

「おのれ、真田信繁か」と叫んで、その者を組み伏せてみて重長は驚いた。

「なんだ、女か」

外観では気づかなかったが、冑の中の赤い唇とふくよかな頬は、間違いなく若い女のものだった。

「私は大将・真田信繁の娘・梅だ。さあ殺せ」

女がそう言った時、山里曲輪のほうで爆発音がし、火の手が上がった。それを見た女は、

「大助……」とつぶやくと、口惜しそうに唇をかみしめた。

爆発音は、山里曲輪の糒倉に避難していた秀頼と淀殿（茶々）が、今はこれまでと火を放ち母子ともども自刃した時のものであった。前日、秀頼の妻・千姫が大野治長の計らいで大坂城を脱出し、祖父・家康の元に送られていた。千姫から家康へ秀頼らの助命嘆願がなされるはずであったが、ついに朗報はもたらされなかった。大野治長、毛利勝永ら何人かが秀頼に殉死し、その中に梅の弟・真田大助もいたのである。

重長は、女が果たして信繁の娘かどうか半信半疑であったが、取りあえず伊達軍の陣所へと連れ帰った。陣所でも、女は自分は信繁の娘であると言い張り、さらに驚いたことには、信繁の影武者を務めていたと告白した。

信繁が何人かの影武者を使っていたことは徳川方にも知られていた。信繁は、天王寺口の戦いで、家康をあわやというところまで追い詰めるが、衆寡敵せず、最期は力尽きて休んでいるところを松平隊の西尾久作に槍で突かれて絶命したとされる。

西尾が討ち取った首を見て、家康は疑心暗鬼であったらしい。信繁の叔父・真田信伊に首実検をさせたが、信伊は、殺されて人相が変わっているのでよく分からないと明言を避けた。

西尾に再度経緯を尋ねると、「互いに死力を尽くして戦った末、自分が信繁を討ち取った」と証言した。すると家康は、信繁ともあろう武将が、お前ごときと太刀打ちして討たれるはずがない、と言って憮然（ぶぜん）としたという。

大坂夏の陣での信繁の活躍は、徳川に与（くみ）した武将たちからも称えられた。細川忠興（ほそかわただおき）は「古今これなき大手柄」と、また島津忠恒（しまづつねただ）は「真田日本一の兵（つわもの）」と激賞している。

重長は天下の勇将・真田信繁の娘を娶ることは名誉なこととして、幕府の目も憚らず梅を妻にし、彼女が信繁の娘であることを周囲に自慢した。のちに片倉小十郎重長は、白石1万5000石の城主となっている。

＊

大坂城の落城後、家康は全国の諸大名に命じて、豊臣方の残党の捜索を徹底して行うよう命じた。秀頼は側室との間に1男1女をもうけていたが、そのうち8歳になる男子・国松（くにまつ）は、伏見に潜んでいたところを捉えられ、京都の六条河原で処刑された。7歳の女子・奈阿姫（なあひめ）は千姫の助命嘆願もあり、鎌倉の東慶寺（とうけいじ）に預けられた（2児の養育係を務めたとされる甲斐姫が、どうなったかは分かっていない）。

捜索は信繁の家族にも及んだ。宇津姫と六女・菖蒲（しょうぶ）、七女・かねの3人は、紀伊国に潜んでいたところを、紀州藩主・浅野長晟（ながあきら）の家臣に捕まり、京都の二条城にいた家康の元へ送られた。

3人の前に現れた家康は、一見優し気な好々爺に見えた。しかし宇津姫は、家康がいかに腹黒い人物であるかを、義父・昌幸や夫・信繁からさんざん聞かされていたから、騙されてはいけないと身構えた。

「お主らが、信繁殿の室と娘御か？」

宇津姫は、いよいよ命を奪われるのかと思い、11歳と8歳の2人の娘を抱き寄せた。ところが家康は、

「信繁殿には、随分とやられ申したなあ。さすがにそれがしも、もはやこれまでと2度も切腹を覚悟したものよ」と笑いながら言った。

そして、今度は真顔になって、

「そなたら、よい夫、よい父を持ったな。誇りに思うがいい」と言い置いて、奥の部屋に戻っていった。


信繁の死から二月後、京都の祖母・瑞龍院の元に身を寄せていた真知姫は、信繁の三男・幸信を産んだ。信繁の血を引く子供たちは、その後まちまちの人生を歩む。六女・菖蒲は、姉・梅の伝手で陸奥国伊達藩（宮城県仙台市）藩主・伊達政宗の家臣、田村定広（のちに片倉氏に改姓）に嫁いだ。

五女・なおは、成人して出羽国亀田藩（秋田県由利本荘市）の2代目藩主・岩城宣隆の妻（御田姫）となり、宣隆との間にのちの伊予守重隆ほか1男1女をもうけた。二男・大八は、京都で印地打ち（石合戦）の折に死んだとされるが、姉・梅の嫁ぎ先である片倉家に身を寄せ、片倉久米之介守信と名乗り３６０石を知行されたとも言われる。

三男・幸信は、なおが嫁いだ縁で亀田藩士となり、三好左馬之介幸信と称して３８０石を与えられた。七女・かねは、もと尾張国犬山城（愛知県犬山市）城主で、関ヶ原合戦後は宗休と称する茶人になっていた石川貞清の元に嫁いだ。

信繁の正室・宇津姫は慶安2年（１６４９）に京都で死去し、竹林院という法名が授けられたが、側室・真知姫の最期は詳らかでない。

かねの夫・貞清（宗休）は、金融業を営んでいたことがあり、資産家だったのだろう、後年かねの願いを聞き入れ、京都龍安寺の塔頭・大珠院（京都市右京区）に幸村（信繁）・竹林院夫妻の墓を建てた。

ちなみに、信繁が幸村と呼ばれるようになるのは、彼の死後、その大坂の陣での戦いぶりが人々にもてはやされ、英雄として伝説化していく過程においてであるようだ。生前本人が、幸村と名乗った資料は発見されていない。

あとがき

私が初めて幸村（真田信繁）を知ったのは、忘れもしない昭和41年（1966）に放映されたテレビドラマ『真田幸村』によってである。当時小学生だった私は、中村錦之助扮する幸村が、猿飛佐助（松山英太郎）、霧隠才蔵（日下武史）、由利鎌之助（田中邦衛）、三好清海入道（大前鈞）ら真田十勇士を駆使して、家康（中村勘三郎）打倒を目指すその姿に毎回胸躍らせたものである。

もとより真田十勇士は創作であり、明治から大正にかけて大流行りした立川文庫が打ち出したキャラクターであるが、その原典は江戸中期の軍記物語『真田三代記』や『難波戦記』にまで遡るようだ。大坂夏の陣で、東西両軍から絶賛された幸村の活躍は、一躍巷間に広まり、そこからさまざまな幸村伝説が生まれたのだろう。

「花のようなる秀頼様を、鬼のようなる真田が連れて、のきものいたり鹿児島へ」という童歌もその一つ。実は幸村は生きていて、秀頼を連れて薩摩に逃げたというものだが、「鬼のような」というのが当時の人々の平均的な幸村像だったのかもしれない。

しかし、幸村の実像はそれとはかなりかけ離れたものだったようだ。大坂の陣が始まるまでの彼の人生は、武将としてほとんど見るべきものがなかった。常に父・昌幸と兄・信之の陰に隠れた存在であり、実際2人と違って、彼は最後まで城を持たない「部屋住み」の身分だったのである。

性格的にも、信之がいみじくも「物事柔和忍辱にして強しからず、言葉少なにして怒り腹立つ事なかりし」と評したように、物静かで心優しく、腹を立てることの少ない優男だったらしい。しかしながら、いやだからこそと言うべきか、幸村は多くの妻子を持った。分かっているだけでも4人の妻妾と10人の子供がいた。彼には、女漁りをした秀吉や信玄のようなギラギラしたところは感じられない。むしろ女性からこよなく愛されるタイプであったように思えてならないのだ。

本書は歴史物語の体裁で、妻妾や親族の女たち、さらには彼が出会ったであろう同時代の姫君らを登場させ、彼女たちとの関わりを通じて、幸村の人となりを浮かび上がらせようとしたものである。もっとも、当時の女性に関するデータは極めて乏しい。生没年はおろか実名さえ分からないことも少なくない。勢い、多くを想像で繋ぐことになったが、地味でシャイなこの田舎武士が、女たちに押し出される形で、戦国最後の表舞台に登場するそのプロセスを楽しんでいただけたなら、著者としてこれに勝る喜びはない。

本書の出版に当たって、株式会社ユニプランの橋本良郎氏、橋本すぐる氏、岩崎宏氏、鈴木正貴氏には、多くの貴重な助言と示唆をいただいた。ここに謹んで感謝申し上げる次第である。

2015年　灯火親しむ頃

京都の自宅にて　鳥越一朗

関連年表

天文16（1547）	真田幸村の父・真田昌幸、真田幸隆（30）の三男として生まれる（母は河原隆正の妹）
天文19（1550）	武田信玄（30）、幸隆（33）らと共に砥石城の村上義清（50）を攻めるが大敗を喫す（砥石崩れ）（10月1日）
天文20（1551）	幸隆（34）、砥石城を攻略（5月26日）。村上義清（51）は上杉謙信（22）の元へ逃れる
天文22（1553）	昌幸（7）、人質として甲府に送られ、武田氏の奥近習衆となる
永禄2（1559）	幸隆（42）、武田信玄（39）に付き合い剃髪し、一徳斎と号す
永禄3（1560）	織田信長（27）、桶狭間の戦いで今川義元を破る（5月19日）
永禄4（1561）	昌幸（15）、武田信玄（41）と上杉謙信（32）が対決した第4次川中島の戦いで初陣を飾る（9月10日）
永禄7（1564）	昌幸（18）、この頃山之手殿を正室に迎える
永禄8（1565）	昌幸（19）の長女（村松殿）生まれる。武田信玄の四男・勝頼（20）、織田信長の養女（遠山夫人）を娶る（11月13日）
永禄9（1566）	昌幸（20）の長男・信幸生まれる
永禄10（1567）	昌幸（21）の二男・信繁（幸村）生まれる。昌幸、この頃武田信玄の母系の士族・武藤家の養子となる
永禄12（1569）	昌幸（23）、武田氏と北条氏が争った三増峠の戦いに参戦、一番槍を上げ、武田氏の勝利に貢献する（10月8日）
元亀3（1572）	武田信玄（52）、三方ヶ原の戦いで徳川家康・織田信長連合軍を破る。昌幸（26）参戦（12月22日）
天正1（1573）	武田信玄（53）死去（4月12日）。勝頼（28）が家督を継ぐ。
天正2（1574）	幸隆（57）死去（5月19日）

関連年表

天正3（1575）	武田勝頼（30）、長篠の戦いで徳川家康・織田信長連合軍に大敗（5月21日）。昌幸の長兄・信綱と次兄・昌輝が討ち死にしたため、昌幸（29）が真田家の家督を継ぐ。昌幸一家、甲府から信濃の砥石城へ移る
天正5（1577）	武田勝頼（32）、北条氏政の妹（北条夫人）（14）を後妻に迎える（1月22日）
天正6（1578）	上杉謙信（49）死去（3月13日）。上杉氏の家督争い（御館の乱）が起こり、謙信の甥・景勝（23）が謙信の養子・景虎（25）を抑えて家督を継ぐ
天正7（1579）	武田勝頼（34）、上杉景勝（24）と軍事同盟（甲越同盟）を結び、妹・菊姫（22）を景勝に嫁がせる
天正8（1580）	昌幸（34）、武田勝頼（35）の命で北条氏の沼田城を攻略する（8月）
天正9（1581）	武田勝頼（36）、韮崎に新府城を築城。昌幸（35）に作事奉行を命ず
天正10（1582）	織田・徳川連合軍が甲州征伐を開始。武田勝頼（37）、天目山の戦いで敗れ、北条夫人（19）、嫡男・信勝（16）とともに自害、武田氏滅ぶ（3月11日）。昌幸（36）、織田信長に臣従し、本領安堵される。本能寺の変で信長（49）自害（6月2日）。旧武田領をめぐり、徳川家康（41）、上杉景勝（27）、北条氏直（21）らが争奪戦を繰り返す（天正壬午の乱）。この頃、幸村姉（村松殿）（18）が武田家の家臣・小山田昌辰の子・茂誠に嫁ぐ
天正11（1583）	昌幸（37）、徳川家康（42）の家臣となり上田城の築城に着手（4月）
天正12（1584）	小牧・長久手の戦いで羽柴秀吉（48）と徳川家康・織田信雄連合軍が対決。昌幸（38）、沼田・吾妻・小県を掌握する。幸村（18）の長女・菊、この頃生まれる（母は堀田作兵衛の娘）。浅井江（12）、尾張大野城主・佐治一成（16）と結婚するも、1年後に離縁させられる
天正13（1585）	昌幸（39）、沼田領をめぐって徳川家康（44）と反目し、上杉景勝（30）に臣従する。幸村（19）、上杉氏の人質として海津城に送られ、すぐに越後春日山城に移される（7月）。昌幸と信幸（20）、第1次上田合戦で徳川の軍勢を撃退する（閏8月2日）。昌幸、羽柴秀吉（49）に臣従（11月）。幸村、人質として大坂城に送られる。

天正14（1586）	昌幸（40）、豊臣秀吉（50）の命で徳川家康（45）の与力大名となる（11月4日）。浅井初（18）、大溝城主・京極高次（24）に嫁ぐ
天正15（1587）	昌幸（41）、駿府で徳川家康（46）と会見（3月18日）、続いて大坂で豊臣秀吉（51）に謁見する
天正16（1588）	浅井茶々（20）、秀吉の側室となる
天正17（1589）	信幸（24）、徳川家康（48）に出仕（2月13日）、本多忠勝の娘・小松姫（17）を娶る。茶々（21）、秀吉（53）の長男・鶴松を出産（5月27日）。幸村（23）、この頃高梨内記の娘と結婚
天正18（1590）	幸村（24）、昌幸（44）・信幸（25）と共に小田原征伐に出陣（3月上旬）。豊臣方北陸軍に加わり、上野・武蔵の北条方城を攻略したあと、大谷吉継（32）らと忍城を攻め、城主成田氏長の娘・甲斐姫（19）らと戦う。小田原城開城に伴い忍城も開城（7月14日）。甲斐姫は蒲生氏郷の預かりとなり、父と共に陸奥国会津へ移る。小田原征伐後、真田氏は本領安堵される
天正19（1591）	豊臣秀吉（55）の嫡男・鶴松（3）死去（8月5日）。秀吉、関白職を豊臣秀次（24）に譲る（12月28日）。甲斐姫（20）、この頃秀吉の側室となる
文禄1（1592）	幸村（26）、朝鮮の役の勃発により、昌幸（46）・信幸（27）と共に肥前名護屋城に出陣（2月上旬）。江（20）、羽柴秀勝（24）と再婚するが、秀勝は朝鮮の役で戦病死。幸村の二女・市、この頃上田で生まれる（母は高梨内記の娘）
文禄2（1593）	真田父子、徳川家康（52）と共に大坂に帰陣（8月）。茶々（25）、豊臣秀吉（57）の二男・秀頼を出産（8月3日）
文禄3（1594）	昌幸（48）、豊臣秀吉から伏見城の普請役を命じられる。幸村（28）、従五位下左衛門佐に叙任され（11月2日）、兄信幸（29）と共に豊臣姓を賜る。幸村、この頃正室として大谷吉継の娘（16）を娶る。幸村の三女・梅、この頃上田で生まれる（母は高梨内記の娘）

関連年表

文禄4（１５９５）	豊臣秀次（28）、高野山青巌寺で切腹（7月15日）。秀次の遺児（4男1女）・妻妾39名も三条河原で処刑（8月2日）。幸村（29）、秀次の娘を側室とする（秀吉の死後とも）。江（23）、徳川秀忠（17）と再再婚（9月17日）
慶長2（１５９７）	小松姫（25）、信幸（31）の二男・信政を産む
慶長3（１５９８）	豊臣秀吉（62）、茶々（30）・甲斐姫（28）らを伴い醍醐で花見の宴を催す。秀吉、伏見城で病没（8月18日）。江（26）、夫・徳川秀忠（20）と共に江戸城へ移る。この頃、幸村の四女・あぐり生まれる（母は大谷吉継の娘）
慶長4（１５９９）	小松姫（27）、信幸の三男・信重を産む
慶長5（１６００）	幸村（34）、昌幸（54）・信幸（35）と共に徳川家康（59）の上杉討伐に従うが、石田三成（41）の挙兵により犬伏で信幸と袂を分かち（7月21日）、昌幸と共に上田城に帰還する。途中、沼田城に立ち寄ろうとするが、小松姫（28）に入城を阻止される。昌幸と幸村、上田城で徳川秀忠（22）率いる東軍3万８０００余を迎え撃ち、これを撃破する（第2次上田合戦）（9月6日）。初（31）、夫・京極高次とともに大津城で西軍相手に籠城戦（9月13～15日）。関ヶ原で東西両軍が対決し、東軍が勝利（9月15日）。大谷吉継（42）、西軍に付き戦死。昌幸・幸村、高野山への流罪となり（12月12日）、九度山で蟄居。幸村の妻子は同行するが、山之手殿は上田に残る。信幸、上田・沼田等9万５０００石が宛がわれる。信幸を「信之」に改名
慶長7（１６０２）	幸村長男・大助、九度山で生まれる（母は大谷吉継の娘）
慶長9（１６０４）	菊姫（47）死去。幸村の五女・なお、九度山で生まれる（母は豊臣秀次の娘）
慶長10（１６０５）	幸村六女・菖蒲、この頃九度山で生まれる（母は大谷吉継の娘）
慶長13（１６０８）	幸村七女・かね、この頃九度山で生まれる（母は大谷吉継の娘）
慶長15（１６１０）	昌幸の四女（保科正光室）（40）死去（10月20日）

慶長16（1611）	昌幸（65）、九度山で病没（6月4日）。保科正之、徳川秀忠（33）の庶子として生まれる（5月7日）。信玄二女・見性院（穴山梅雪妻）に育てられ、のちに保科正光に預けられる
慶長17（1612）	幸村（46）、入道して好白と号す。幸村二男・大八、九度山で生まれる（母は大谷吉継の娘）。
慶長18（1613）	山之手殿（65）死去（6月3日）。幸村の四女・あぐり、この頃陸奥国三春城主・蒲生郷喜に嫁ぐ
慶長19（1614）	徳川氏と豊臣氏の関係が悪化。幸村（48）、豊臣秀頼（22）の要請を受け、妻子と共に九度山を脱出し大坂城に入城する（10月10日）。大坂冬の陣が勃発。幸村、真田丸の戦闘で徳川軍を苦しめる（12月4日）。初（45）と阿茶局（60）による和平交渉が成立（12月20日）
元和1（1615）	幸村（49）、大坂城から姉・村松殿（51）、娘婿・石合十蔵らに書状を認める（1〜3月）。休戦の和議が破れ、大坂夏の陣が勃発。幸村、道明寺の戦いで伊達政宗隊を撃退（5月6日）。幸村、天王寺口の戦いで徳川家康（74）の本陣に突撃するも、力及ばず討ち死に（5月7日）。大坂城落城し、秀頼（23）、茶々（47）と共に幸村長男・大助（幸昌）（14）自害（5月8日）。幸村三女・梅（22）、大坂城内で伊達政宗の家臣・片倉小十郎重長に生け捕りにされる。大谷吉継娘（37）、幸村の六女・菖蒲（11）、七女・かね（8）と紀伊国伊都郡に潜んでいたところを発見され、京都の家康に引き渡される。豊臣秀次娘（32）と幸村五女・なお（12）は、京都の瑞龍院（秀吉の異母姉）の元に身を寄せる。幸村三男・幸信、大阪城落城の2ヵ月後、京都で生まれる（7月）（母は豊臣秀次娘）。 その後、梅は白石城主・片倉小十郎重長の妻となる。なおは出羽国亀田藩主・岩城但馬守宣隆に嫁ぐ（御田姫）。幸村二男・大八は、姉の梅の嫁ぎ先の片倉家に身を寄せ、片倉米之介守信と名乗り、３６０石で伊達家に召し抱えられる。菖蒲も姉の梅に引き取られ、伊達政宗の家臣・田村（片倉）定広に嫁ぐ。かねは、元尾張犬山城主・石川貞清（石川宗休）の妻となり、貞清は幸村夫妻の墓を龍安寺塔頭・大珠院に建立

元和2（1616）	徳川家康（75）、駿府城で死去（4月17日）
元和6（1620）	小松姫（48）死去（2月24日）
寛永3（1626）	江（崇源院）（54）死去（11月3日）
寛永7（1630）	村松殿（66）死去（6月20日）
寛永10（1633）	初（常高院）（64）死去（9月30日）。
寛永12（1635）	幸村五女・なお（32）死去（6月11日）。幸村六女・菖蒲（31）死去
寛永19（1642）	幸村長女・菊死去
慶安2（1649）	大谷吉継娘（竹林院）死去（5月7日）
万治1（1658）	信之（93）死去（10月17日）
寛文6（1666）	昌幸五女（滝川一積室）（94）死去（5月13日）
寛文7（1667）	幸村三男・幸信死去（53）
寛文10（1670）	幸村二男・大八（59）死去

関連地図

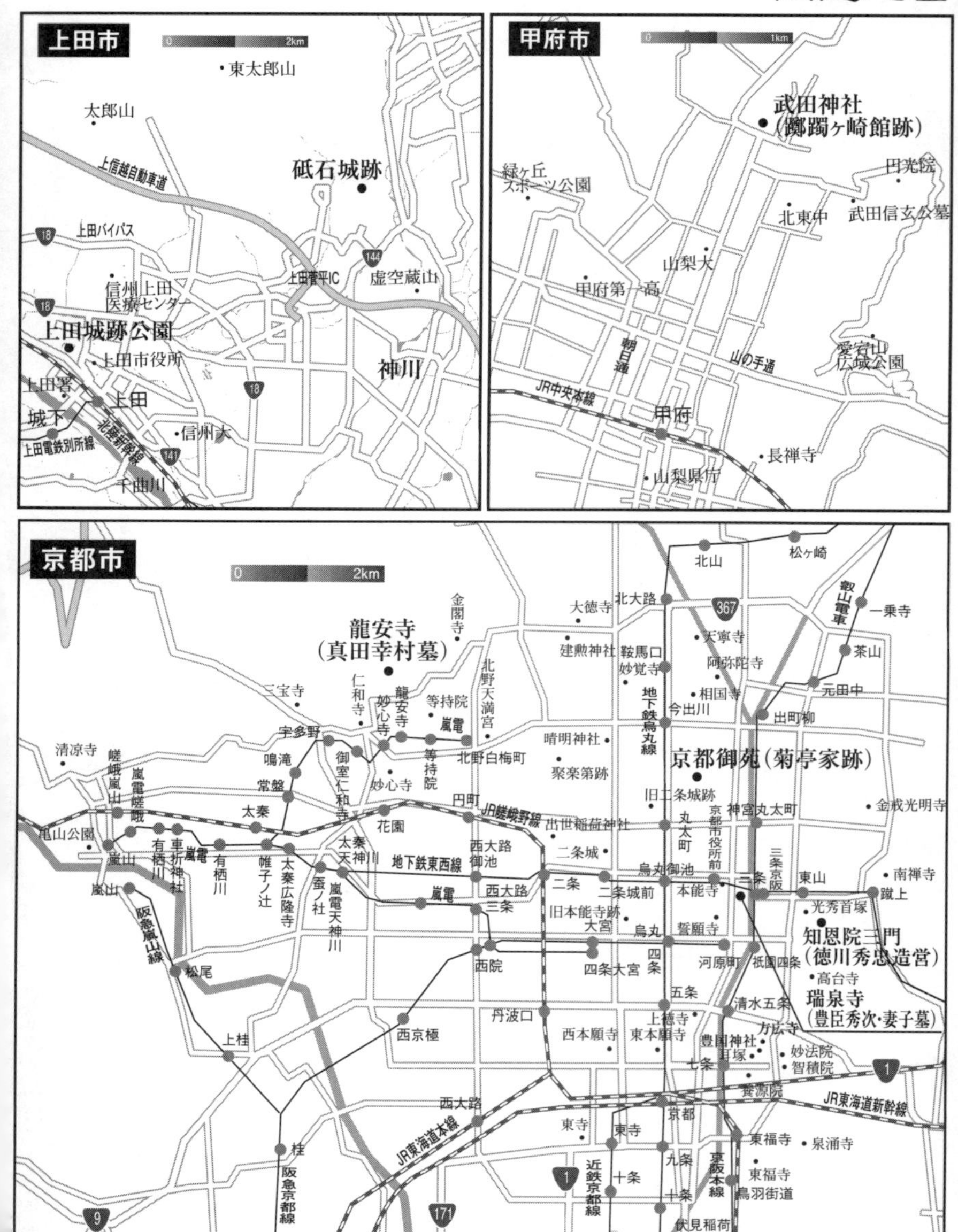

上田市
0
2km
東太郎山
太郎山
上信越自動車道
砥石城跡
上田バイパス
18
144
上田菅平IC
虚空蔵山
信州上田
医療センター
上田城跡公園
上田市役所
神川
上田署
上田
城下
北陸新幹線
信州大
上田電鉄別所線
141
千曲川
甲府市
0
1km
武田神社
(躑躅ヶ崎館跡)
緑ヶ丘
スポーツ公園
円光院
北東中
武田信玄公墓
山梨大
甲府第一高
朝日通
山の手通
愛宕山
広域公園
JR中央本線
甲府
長禅寺
山梨県庁
京都市
0
2km
金閣寺
龍安寺
(真田幸村墓)
北野天満宮
仁和寺
龍安寺
妙心寺
等持院
嵐電
三宝寺
宇多野
北野白梅町
清涼寺
嵯峨嵐山
嵐電嵯峨
鳴滝
御室仁和寺
等持院
妙心寺
常盤
円町
JR嵯峨野線
太秦
花園
亀山公園
嵐山
有栖川
車折神社
嵐電
有栖川
帷子ノ辻
太秦広隆寺
蚕ノ社
太秦天神川
嵐電天神川
地下鉄東西線
西大路御池
嵐電
西大路三条
二条
嵐山
阪急嵐山線
松尾
西院
上桂
西京極
丹波口
西大路
JR東海道本線
桂
阪急京都線
9
171
1
桂川
北山
松ヶ崎
叡山電車
一乗寺
北大路
大徳寺
367
天寧寺
建勲神社
鞍馬口
妙覚寺
阿弥陀寺
茶山
相国寺
元田中
地下鉄烏丸線
今出川
出町柳
晴明神社
京都御苑(菊亭家跡)
聚楽第跡
旧二条城跡
金戒光明寺
神宮丸太町
京都市役所前
出世稲荷神社
丸太町
二条城
烏丸御池
三条京阪
南禅寺
東山
蹴上
二条城前
本能寺
三条
光秀首塚
旧本能寺跡
大宮
烏丸
誓願寺
知恩院三門
(徳川秀忠造営)
四条
河原町
祇園四条
高台寺
四条大宮
瑞泉寺
(豊臣秀次・妻子墓)
五条
清水五条
上徳寺
方広寺
西本願寺
東本願寺
豊国神社
耳塚
妙法院
智積院
七条
養源院
JR東海道新幹線
京都
東寺
東寺
東福寺
泉涌寺
近鉄京都線
十条
九条
京阪本線
東福寺
十条
鳥羽街道
伏見稲荷
上鳥羽口
稲荷
くいな橋
深草

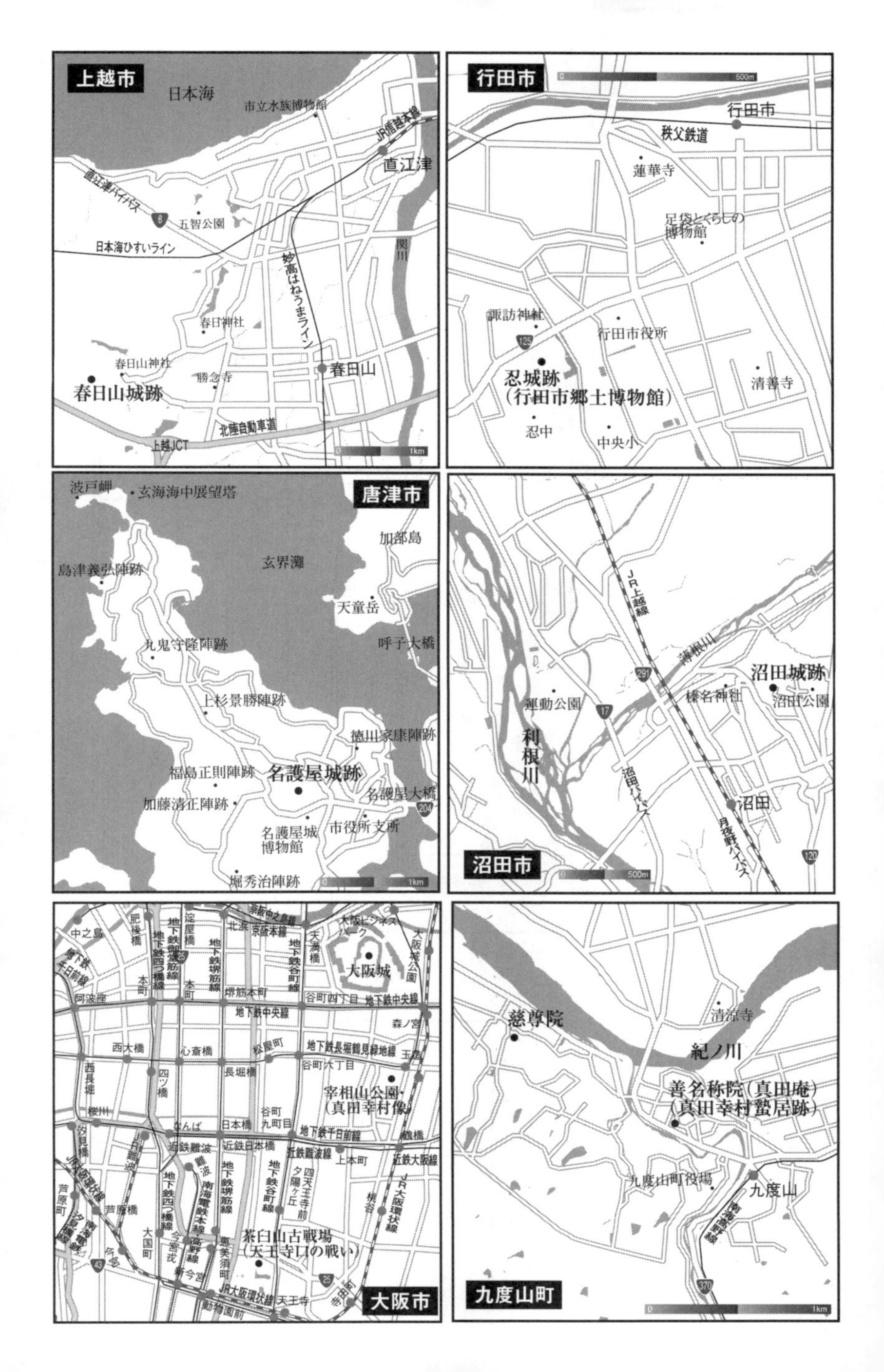

上越市
日本海
市立水族博物館
JR信越本線
直江津
直江津バイパス
五智公園
日本海ひすいライン
関川
妙高はねうまライン
春日神社
春日山神社
春日山
勝念寺
春日山城跡
北陸自動車道
上越JCT
1km
行田市
500m
行田市
秩父鉄道
蓮華寺
足袋とくらしの博物館
諏訪神社
行田市役所
忍城跡(行田市郷土博物館)
清善寺
忍中
中央小
唐津市
波戸岬
玄海海中展望塔
加部島
島津義弘陣跡
玄界灘
天童岳
呼子大橋
九鬼守隆陣跡
上杉景勝陣跡
徳川家康陣跡
福島正則陣跡
名護屋城跡
名護屋大橋
加藤清正陣跡
名護屋城博物館
市役所支所
堀秀治陣跡
1km
JR上越線
薄根川
沼田城跡
榛名神社
沼田公園
運動公園
利根川
沼田バイパス
月夜野バイパス
沼田
沼田市
500m
京阪中之島線
大阪ビジネスパーク
中之島
肥後橋
淀屋橋
北浜
京阪本線
天満橋
地下鉄御堂筋線
地下鉄四つ橋線
地下鉄堺筋線
地下鉄谷町線
大阪城
大阪城公園
地下鉄千日前線
阿波座
本町
堺筋本町
谷町四丁目
地下鉄中央線
森ノ宮
西大橋
心斎橋
松屋町
地下鉄長堀鶴見緑地線
玉造
西長堀
四ツ橋
長堀橋
谷町六丁目
桜川
谷町九丁目
宰相山公園(真田幸村像)
汐見橋
なんば
日本橋
鶴橋
近鉄難波
近鉄日本橋
近鉄難波線
上本町
近鉄大阪線
JR大阪環状線
難波
南海電鉄本線
夕陽ヶ丘
四天王寺前
桃谷
芦原
芦原橋
大国町
今宮戎
今宮
恵美須町
新今宮
茶臼山古戦場(天王寺口の戦い)
天王寺
動物園前
大阪市
慈尊院
清涼寺
紀ノ川
善名称院(真田庵)(真田幸村蟄居跡)
九度山町役場
九度山
南海高野線
九度山町
1km

関連系図

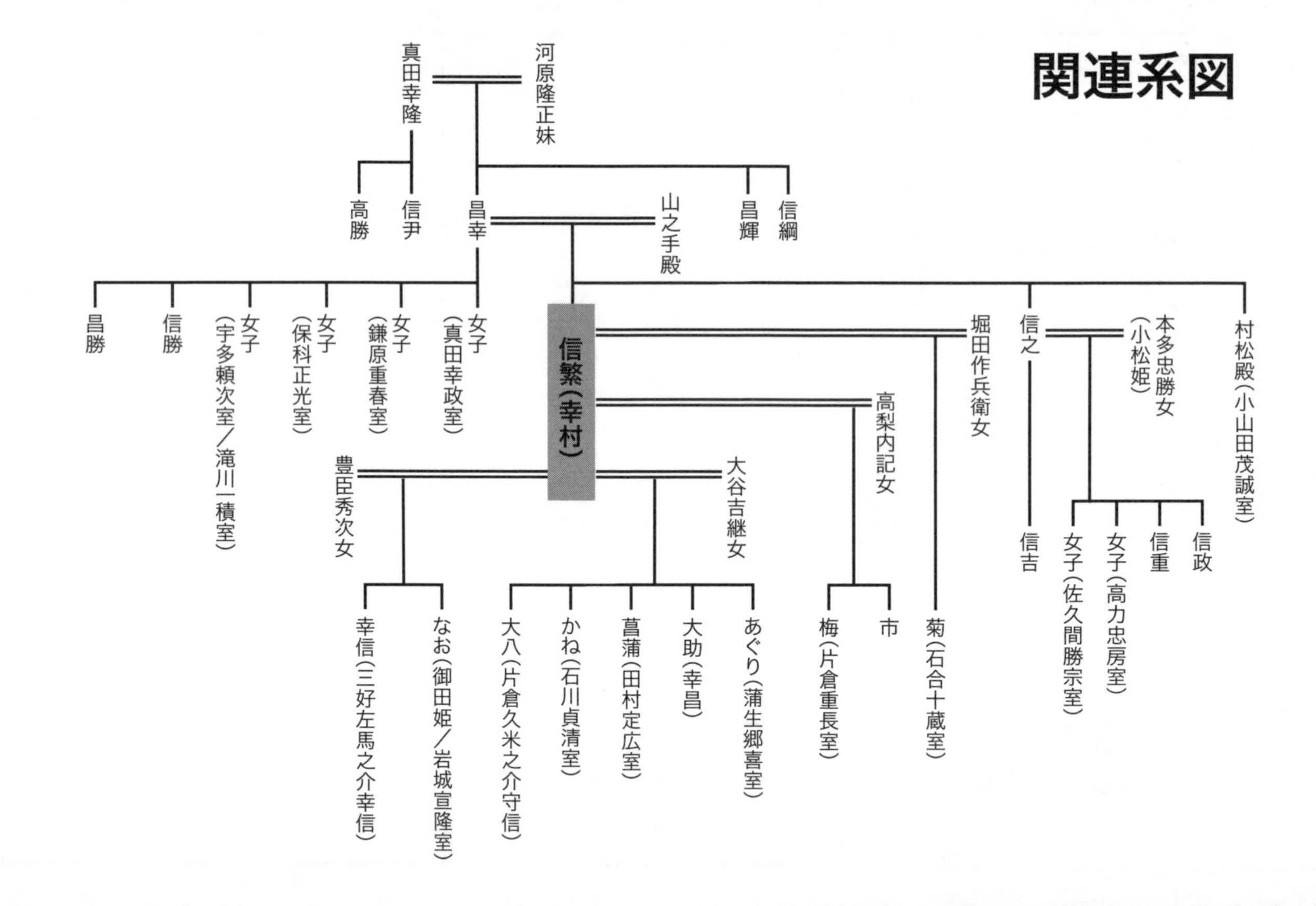

真田幸隆
河原隆正妹
高勝
信尹
昌幸
山之手殿
昌輝
信綱
昌勝
信勝
女子（宇多頼次室／滝川一積室）
女子（保科正光室）
女子（鎌原重春室）
女子（真田幸政室）
信繁（幸村）
堀田作兵衛女
信之
本多忠勝女（小松姫）
村松殿（小山田茂誠室）
高梨内記女
豊臣秀次女
大谷吉継女
信吉
女子（佐久間勝宗室）
女子（高力忠房室）
信重
信政
幸信（三好左馬之介幸信）
なお（御田姫／岩城宣隆室）
大八（片倉久米之介守信）
かね（石川貞清室）
菖蒲（田村定広室）
大助（幸昌）
あぐり（蒲生郷喜室）
梅（片倉重長室）
市
菊（石合十蔵室）

主な参考文献

「真田資料集」　小林計一郎編　人物往来社　1966

「真田幸村のすべて」　小林計一郎著　新人物往来社　1989

「真田三代　戦乱を生き抜いた不世出の一族」　学習研究社　2007

「真田幸村の妻」　阿井景子　光文社　2001

「真田幸村の生涯」　秋月達郎　ＰＨＰ研究所　2010

「ビジュアルファイル戦国合戦イラスト＆マップ集」　学習研究社　2010

「真田幸村と大坂の陣」　新人物往来社　2008

「真田幸村」　歴史街道編集部　ＰＨＰ研究所　2009

「グラフィック図解　真田戦記」　学研パブリッシング　2010

「智謀の一族　真田三代」　新人物往来社　2007

「原本現代訳　甲陽軍鑑上・中・下」　腰原哲朗　教育社　1979

「図説　戦国合戦地図集」　学習研究社　2008

「真田昌幸」　柴辻俊六　吉川弘文館　1996

「ＮＨＫ大河ドラマ歴史ハンドブック　風林火山」
日本放送出版協会　2007

「武田信玄」　奥野高広　吉川弘文館　1985

「武田勝頼のすべて」　平山優・柴辻俊六　新人物往来社　2007

「豊臣秀次」　藤田恒春　吉川弘文館　2015

「豊臣秀次公一族と瑞泉寺」　瑞泉寺　1995

「定本　徳川家康」　本多隆成　吉川弘文館　2010

「別冊太陽　高野山～弘法大師空海の聖山～」　平凡社　2004

「和歌山県の歴史散歩」
和歌山県高等学校社会科研究協会　山川出版社　1993

著者プロフィール

鳥越一朗（とりごえ・いちろう）

作家。京都市生まれ。

京都府立嵯峨野高等学校を経て京都大学農学部卒業。

主に京都を題材にした小説、歴史紀行などを手掛ける。

「杉家の女たち～吉田松陰の母と3人の妹～」、「ハンサムウーマン新島八重と明治の京都」、「電車告知人」、「京都大正ロマン館」、「麗しの愛宕山鉄道鋼索線」、「平安京のメリークリスマス」など著書多数。

恋する幸村
真田信繁（幸村）と彼をめぐる女たち

定　価	カバーに表示してあります
発行日	2016年1月10日
著　者	鳥越一朗
イラスト	萩原タケオ
写真協力	唐津市、行田市、 上越観光コンベンション協会、沼田市
デザイン	岩崎宏
編集・製作補助	ユニプラン編集部 鈴木正貴　橋本豪
発行人	橋本良郎
発行所	株式会社ユニプラン 〒604-8127 京都府京都市中京区堺町通蛸薬師下ル 谷堺町ビル1F TEL075-251-0125 FAX075-251-0128
振替口座	01030-3-23387
印刷所	為國印刷株式会社

ISBN978-4-89704-359-3　C0093